青春美文系列

给一堵墙让路

周海亮 著

世界图书出版公司

北京·广州·上海·西安

U0750381

图书在版编目（CIP）数据

给一堵墙让路 / 周海亮著 . — 北京：世界图书出版有限公司北京分公司 , 2018.12
（青春美文系列）
ISBN 978-7-5192-5222-9

Ⅰ . ①给… Ⅱ . ①周… Ⅲ . ①散文集—中国—当代 ②小小说—小说集—中国—当代
Ⅳ . ① I217.2

中国版本图书馆 CIP 数据核字（2018）第 243134 号

书　　名	给一堵墙让路
	GEI YI DU QIANG RANGLU

著　　者	周海亮
责任编辑	詹燕徽　陈俞蒨
装帧设计	黑白熊

出版发行	世界图书出版有限公司北京分公司
地　　址	北京市东城区朝内大街 137 号
邮　　编	100010
电　　话	010-64038355（发行）　64033507（总编室）
网　　址	http://www.wpcbj.com.cn
邮　　箱	wpcbjst@vip.163.com
销　　售	新华书店
印　　刷	三河市国英印务有限公司
开　　本	710 mm × 1000 mm　1/16
印　　张	16
字　　数	206 千字
版　　次	2019 年 1 月第 1 版
印　　次	2019 年 1 月第 1 次印刷
国际书号	ISBN 978-7-5192-5222-9
定　　价	48.00 元

目　录

第一辑　让子弹别飞

第二辑 握住我的手

第三辑 碧水青天

第四辑　简单是一种心境

第一辑

让子弹别飞

让子弹别飞

男人没有料到，号称坚不可摧的城市防线竟然不堪一击。

他甚至来不及为他和女儿准备充足的食物。

所以，当他们吃完最后一片面包，喝光最后一口水，当他们又顽强地挺过一天，男人决定走出地下室。

四岁的女儿紧张地抱住他的两腿。

男人蹲下来，冲女儿笑笑。我很快就会回来。他说，别忘了你是天使，别忘了我是天使的父亲。

女儿是父亲的天使，全世界的父亲都这么认为。女儿也相信自己是真正的天使，也许，她只是唯一。

战争没有打响的春天，城市开满鲜花。老先生牵了老太太的手，女孩挽了男孩的肘弯，孩子追逐嬉闹，艺人的琴声欢快悠扬，猫在睡觉，鸽子在飞翔，狗吐出舌头，大街上阳光遍洒。男人牵着女儿走进小巷，突然栽倒在地。女儿喊："爸爸！"男人一动不动，眼睛紧闭。女儿再喊，爸爸。男人一动不动，呼吸停止。女儿就不喊了，她摸出父亲的手机，报警，然后，闭上眼睛，为父亲祈祷。果然，父亲在救护车赶到以前坐了起来。父亲摸摸脑袋说我做了一个梦，梦里，天使把我送了回来。天使长着你的模样，天使唤我爸爸。

女儿咯咯地笑。那一刻，她终于相信自己是真正的天使。

这之前，为让女儿相信，男人做了很多。比如他让冰箱里突然多出一盒冰激凌；比如他让烤箱里突然多出一只烤鸡；比如他让窗台上突然多出一盆雏菊；再比如，清晨醒来，女儿的床头，突然斜倚了母亲的照片。母亲笑眯眯地看着女儿，女儿将母亲捧起，一遍遍亲吻着母亲的脸。即使夜里，即使睡去，也不肯放手。

她是真正的天使。只要祈祷，她能拥有天使的能力。男人一次次这样说，女儿便信了。

男人嘱女儿待在地下室里等他。男人说我不但能给你带回面包和水，还能给你带回巧克力。

可是外面在打仗。女儿说，打仗，子弹到处飞。

男人说你忘了你是天使。你只需为我祈祷，为面包、水和巧克力祈祷，我就能安全回来。现在，跟我念，让子弹别飞，让子弹别飞……

男人走出地下室，走出院子。城市早已变成废墟，到处都是冰冷或者滚烫的尸体。男人想不到城市的防线如此脆弱，更想不到城市的游击队如此顽强。城市沦陷多日，战斗仍然不止。每一扇窗口都可能射出子弹，将一个活动的头颅射穿或者劈开。

男人走出两条街，爬进一个炸烂的食品店。男人从废墟里找到两袋面包、三瓶矿泉水和一块已经融化的巧克力。男人从一具失去下肢的尸体上爬过，又从尸体的手里，夺走一条步枪。男人回到防空洞，女儿还在念，让子弹别飞，让子弹别飞……

男人抱紧女儿。他说现在我们不但有了面包和巧克力，还有一条枪。有了枪，谁也别想动我们一下。

然后，夜里，男人听到连成一片的脚步声。脚步声愈来愈密集，在他们的头顶上翻滚不止。男人抓紧步枪，用身体护住女儿。少顷，一颗脑袋探进来，盯住男人和男人手里的枪。脑袋说，把枪扔了，把手举起来。

男人很想扣动扳机，可是他终没有那样做。他知道扔掉枪还有机会，尽管机会很小，但毕竟是机会——因为女儿，他不想成为英雄。他牵着女儿，顺从地走出来，却被拖到了墙边。他给长官跪下，他说，我是平民，请放过我们。

你手上有茧子。

我靠手艺吃饭。请放过我们。

你有枪。

我很害怕。我得保护女儿。

你藏进地下室。

我真的很害怕。我得保护我的女儿。

长官冲他摆了摆手。摆了摆手的意思是，不必再说了，不用再说了。长官命令士兵端起枪，然后，走到一边，点起一根烟。

那么，求求你，放过我的女儿。男人冲长官的背影磕一个头，她还小，别让她死在童年。

长官抽着烟，不说话。烟将他的眼睛熏红。

男人将女儿抱起。男人亲吻了女儿。男人泪流满面，泣不成声。男人对女儿说，原谅我。

我可以祈祷啊！女儿将嘴巴凑近男人的耳朵，他们不知道我是天使。

是的，我的天使，男人哽咽着，闭上眼睛吧。

女儿就闭上眼睛。闭上眼睛的女儿充满自信地说，让子弹别飞，让子弹别飞，让子弹别飞……

让子弹别飞。

我不想帮你捎垃圾

是虎子要求同乡带他进城的。虎子的同乡，靠收废品娶到一个漂亮的媳妇。

虎子也想靠收废品娶到一个漂亮的媳妇。

同乡嘱咐虎子，收废品，得讲规矩。什么规矩？不能随便拿人家的东西，不能随便进人家的屋子，如果必须进屋，请一定先在脚上戴鞋套。要猛夸人家的狗，人家的孩子，人家的花鸟虫鱼，人家的装修和摆设。不要随便看女主人的脸，更不要随便看女主人的屁股。虎子嘿嘿地乐了。看一下屁股有什么呢？又看不坏。

虎子骑着三轮车，声音喊得震天响。一个男人停好轿车，下来，问，旧杂志要吗？虎子说，要啊。男人说，跟我上楼。虎子兴冲冲提上蛇皮口袋，再提上秤，胸脯挺得又直又高。上楼时，男人硕大的屁股在他脑门上扭啊扭啊，又放出一个响屁，震得虎子头皮发麻，毛发直立。虎子想，城里人咋这么奇怪呢？手机调成震动，放屁却如同打雷。

虎子站在门口，扭扭捏捏，男人说，进来啊！虎子说，好。套上鞋套，走进屋子，身体弯得像虾米。旧杂志很多，堆在书房一角，虎子暗叫今天发财了发财了。虎子称好一口袋杂志，提至玄关，摘下鞋套，出门，将口袋背下楼，将杂志装进三轮车，上楼，至玄关，套上鞋套，弯腰进屋，又称好一蛇皮口袋杂志。虎子做这些的时候，男人一直在呜啦呜啦地打电话，表情晴转阴，阴转晴，晴转多云，西北风六至七级有时八级。虎子算好钱，站在旁边耐心地等，又蹲下来，亲昵地抚摸一条穿了连衣裙的沙皮狗。终于男人打完电话，表情多云转晴，虎子将钱递过去，说，谢谢大哥。转身，至玄关，摘鞋套。

等等！男人喊住虎子，如果您方便的话，帮我把垃圾捎下楼。他去卧室，很快出来，手里多出一个很小的购物袋。购物袋里装着两团纸巾、一个香烟壳、两块橘子皮、半个苹果，一本几乎全新的杂志。

虎子愣了愣。虎子说我是收废品的。

男人说是啊您是收废品的。麻烦您帮我把垃圾捎下楼。

虎子说可是我只收废品，我不想帮您把垃圾捎下楼。

男人怔愣，提着购物袋的手僵在半空。也没有多少垃圾吧，男人盯着购物袋，说，这本杂志也送给您了。

对不起，我不想帮您把垃圾捎下楼。虎子说。

我只是不方便下楼。男人解释说，反正您离开时候，也得经过那几个垃圾箱……

可是我不想帮您捎垃圾。虎子说，我只是收废品的。

那杂志不卖了！男人涨红了脸，说，我就不明白收废品的和送垃圾的有什么不同……

虎子弯腰，戴鞋套，将蛇皮口袋提回客厅，倒出杂志，整理放好，重回玄关，摘下鞋套，出门，下楼，将三轮车里的杂志重新装进蛇皮口袋，扛口袋上楼，再至玄关，再戴鞋套，再将杂志搬进客厅，整理，摆好，再去玄关，再取下鞋套。他冲男人弯弯腰，说，打扰您了。

杂志都送给你，行了吧？男人虎着脸，说，帮个忙，替我把垃圾捎下楼……

虎子笑笑，揣好钱，关门，下楼。关门的瞬间，他听到男人恶狠狠地骂了一句，穷山恶水出刁民！

虎子不懂，他不帮男人捎垃圾，与穷山恶水有什么关系，又与刁民有什么关系。

将经过跟同乡说了，同乡骂，捎袋垃圾能把你累死？虎子说，你捎吗？同乡说当然啊！干咱们这一行，都得捎。同乡问清地址，于是第二天，虎子在他收到的废品里，看到那本装在购物袋里的几乎全新的杂志。

城市里，很多人要求虎子帮忙捎垃圾，但虎子就是不给他们捎。他固执地告诉他们说，我是收废品的，不是捎垃圾的。到后来连同乡都烦了，他说你这样下去早晚得滚回乡下！缺了你，城里人的废品照样有人收，城里人的垃圾照样有人捎。

半年以后，虎子果然滚回了乡下。并且，果真如同乡说的那样，他走了以后，城里人的废品照样有人收，城里人的垃圾照样有人捎。

狭　路

想不到，突然之间，墙就塌了。

更想不到，墙那边，竟然藏着两个敌方士兵。

土墙轰然坍塌的那一刻，我知道，他们的恐惧绝不小于我们。一个士兵甚至发出一声惨叫，拔腿就跑，可是只跑出几步，他就被一块石头狠狠绊倒。他高高飞起，空中扭头看向我们，一张脸扭曲成淡绿色狰狞的丝瓜。爬起来的他刹住脚步，不再逃。他慢慢走向我们，虽然眼睛里充满恐惧，却在恐惧深处藏着几分邪恶的镇定。局面已被控制，控制局面的，是另一个敌方士兵。

因为他的步枪瞄着我们。因为我们全都举起了手。战场上，枪不仅仅是魔鬼，还是上帝。

我们也有枪，可是我们的枪在几天以前全都扔掉了。我们本有一个加强连的兵力，我们的队伍外号"章鱼连"——像章鱼一样缠住对方，让其难以脱身。仅仅使他们的前进受阻就足够了，这是我们的唯一目的。为此，我们愿意付出一切代价。当他们砍掉章鱼的一个触手，便会有另一个触手及时缠上去，他们再砍，我们再缠。终于，近二百人的队伍只剩十人，我们决定撤退。

事实上，这结果我们早就料到。

我们打光最后一颗子弹，扔掉最后一颗手榴弹，逃向灰色的荒漠。我们在荒漠里走了整整五天，扔掉枪，扔掉头盔，扔掉空空的干粮袋和水壶。终于我们走进一个被烧成焦炭的村庄，我们饥寒交迫，躲到一栋侥幸未被烧毁的土房里取暖。我们根本没有觉察出墙的那边藏着敌人，就像他们没有觉察出墙的这边藏着我们。但是可以肯定的是，此时，不管我们还是他们，都远离各自的队伍。换句话说，我们彼此的处境都非常糟糕，不管是投降的我们，还是持枪的他们。

然而现在，似乎他们的处境更好一些。因为我们成了俘虏。

俘虏并非手无寸铁，我们每个人都揣了锋利的匕首。然而这没有任何用处——在能够打出连发的步枪面前，匕首越是锋利，越显得滑稽可笑。

一个士兵持枪瞄着我们，另一个士兵脱下我们的裤子，将我们的双手和双脚结结实实地绑到一起。我看到持枪的士兵非常紧张，他的枪口哆嗦着，嘴角的肌肉快速地抽搐；我看到负责捆绑的士兵更加紧张，他抖着两腿，嘴里发出直升机即将升起的声音。终于他捆绑完毕，细细检查一遍，又用坚硬的皮靴将我们依次踹倒。他返回到持枪的士兵身边，说，没有问题了。现在处决他们吗？

当然。持枪的士兵长舒一口气，说，难道留着吃肉？

士兵扔掉了枪，又从腰间拔出匕首，走向我们。他的匕首又丑又钝，我想它可能切不开一块豆腐。现在，他想用它锯开我们的喉管。

这结果我万万没有想到。我认为没有杀掉俘虏的道理。我认为他们应该将我们留下，因为我们已经失去最后一点反抗的可能。可是现在，似乎，我们在劫难逃。

作为一连之长，我得替兄弟们求情。我说既然一定要杀死我们，那么，请给我们一个痛快。

　　每人赏你们一颗子弹？他歪着脑袋，问我。

　　我说，求你了。

　　他笑了，露出八颗丑陋邪恶的牙齿。他蹲下来，一边用匕首锯开我的喉管，一边凑到我的耳边，轻轻地说，如果枪里还有子弹，我早不躲在这里了。

小　玉

　　小玉在等她的男人。小玉马上就能见到她的男人了。她很紧张。

　　她翻出那件碎花对襟小袄，慌乱地穿了，对着镜子红起了脸。送走男人那天，她就是穿着这件对襟小袄。记得柳絮在风中飘摇，一朵朵沾了她的脸颊和红袄，又一朵朵被他轻轻摘掉。她问你啥时回？他说打完仗就回。她问啥时打完仗？他说应该很快。说话时他们站在树下，保持着很远的距离。那年她十八岁，身体就像葡萄，饱满剔透，挂着露珠。她说那我等你回来。他说好，就走了。她的话，算不上承诺吧？她看到他的背包打了漂亮的结，他在柳絮中越走越远。

　　他再也没有回来。

　　可是小玉在等，死心塌地。战争就要打过来了，娘想带她离开村子。娘说过几天，炸弹就会炸平我们的村子。她不走，抱着院子里的香椿树，哭得死去活来。她说他回来找不到我，会伤心的。娘说可是你们没定亲的。娘说过几年天下太平了我们再回来。娘说你不走会被炸成肉末的。娘说活着重要还是等他重要？夜里她和娘收拾了家什，离开了村子。她们一直往北走，直到一颗炮弹在她们头顶爆炸。她将娘草草掩埋，然后挺了胸脯，一直往回走。她再一次看到了村子，再一次看到了草房。她走进草房，生起灶火，给自己煮一锅香喷喷的稀粥。然后她睡着了。她看到他站在面前，轻轻为她摘掉一朵柳絮。她看到柳絮不停飞舞，飘到了硝烟弥漫的战场。她看到战场上的他抱一杆扭成麻花的枪，咬着牙向一架飞机瞄准。她看到飞机在低空盘旋，像一只饥饿的秃鹰。她看到从秃鹰的腹部甩出一颗颗炸弹，眨眼间将村子炸成废墟。她看到她从废墟里爬出来，抖落身上的土，咧开嘴笑。

她醒了。她的村子真成了废墟。她在废墟中微笑着等他。

她一直等他。在一个人的村子，在一片荒野，在战争中等他。几年后村民回来，村子再一次有了轮廓和规模。在夜里，她的门前站着一个个痴情的后生，他们和她，都在等待自己的爱情。她不知道自己等了多久，她不知道自己还要等多久，她不知道自己还能等多久。她决定等下去，她认为这一切天经地义。

有关他的消息，不断传进她的耳朵。有人说他战死了，脑袋被子弹劈成两半；有人说他当了官，留在城里，早有了家室；有人说他在山西跑盲流，脏得像一条狗；还有人说他死在归来的途中，尸体被野狼撕成碎片。说什么她都信，说什么她都不信。她只知道自己必须待在村子，守着自己。否则，他回来会找不到她的。

门前的后生越来越少，终于，所有人都失去耐心。后生们长出胡须，然后将皱纹，抹了一脸。

她不知道自己到底等了多长时间。一天，两天，十天，一年，两年，十年，还是一百年？

终于，她听到他的消息。

……一颗子弹钻进他的脑袋，将他的记忆全部抹去。他知道有一位姑娘在等他，可是他不知道那位姑娘到底是谁。战争结束了，他进了城，分到了房子，却是独身一人。夜里他把自己的头发一把一把往下薅，仍然不能够将她从记忆里翻出。直到半个月前，一位村民在那座城市的公园里见到了他。村民说你记得小玉吗？他摇摇头。他甚至不认识面前的故人。村民说你怎么能忘记小玉呢？送你去当兵的小玉啊。他仍然想不起来。可是他知道那个叫小玉的，肯定是等他的那位姑娘。他忘记了小玉。他忘记了她的名字，她的声音，她的眉眼，她的身材——他忘记了有关她的一切，可是他没有忘记自己的爱情。

他决定去找她。

村民带回来的消息让小玉战栗不已。等待终于有了结果，她却变得惊慌失措。好几天她什么事情也不做，只躺在床上胡乱地想他。记忆中他留了平头，左脸长一颗英俊的红痣。他讲话很快，却很清晰。他的眼睛不大，却如朗月般明亮。他身材魁梧，那腰，总是挺得笔直。

小玉拿了头梳，仔细地梳理头发。她的头发一丝不苟，那是十八岁时的发型。她在唇上点了口红，看了看，又轻轻抹去。那颜色太过娇艳，她怕他不能够将她认出。

她慢慢地走出院子，来到村口。她想他这时候应该下了汽车，正急匆匆赶往村子。她没有想错。她看到他了。他朝她走来。他走得很快。他的眼睛，仍然如朗月般明亮。

突然胸口痛起来。很痛，那里面似有一双撕裂一切的手。她的视线开始模糊，她的世界天旋地转——心脏病坚持不懈地纠缠着她，终在这一天爆发。现在她想，她终于要死去了，连同对他纠缠不清的思念。

她慢慢地倒下。他来到她的面前。他盯着她看了很久。他蹲下来拍她的脸。他喊一声，小玉！她笑了。现在，她可以安静地死去。

男人离开小玉，时间 1945 年。男人再一次见到小玉，时间 2007 年。1945 年和 2007 年，一样的柳絮飞扬。八十岁的小玉，将永远活在春天。

怕

　　他日出而作，日落而息，养鸡，放牛，院角为女儿种满桃红色的指甲花。他喜欢躺在树荫下，枕着锄头，眯着眼，喝女人为他沏好的茶。日子从叶隙间溜走，从禾尖上溜走，从茶香里溜走，从花开花落中溜走，他迷恋这种感觉。可是战争来了，安静的生活突然被打断，他不得不离开。

　　他离开，因为他怕死，怕女儿和妻子遭遇意外。他亲眼看见弹片将一个男人瞬间撕开，那个男人，不过是如他一样的农人。还有远处的枪炮声，俯冲下来的飞机，映红天边的火光，撤进村子的伤兵，蠕动的肠子和流淌的鲜血……他必须离开，暂别祖人留下的土炕、土屋、土狗、土地。他曾以为战争与他无关，但现在，他必须逃离。

　　他怕死，更怕别离。

　　他随着人群，逃出村子，逃上公路。飞机追赶着他们，炸弹不断在人群里爆炸，残肢断臂，随处可见。人群躲进深山，燃烧弹倾泻下来，人被烧成炭，炭继续燃烧，世界变成地狱，地狱灼热滚烫。他不明白农人有什么错，他只知道他们无处可藏。又有士兵追赶上来，大山被层层围困，等待他们的，只剩死去和被俘。很多人期待被俘，被俘还有机会，还有解释或者求饶的机会，但是他不想。他什么也没有做错，他不想解释或者求饶。

他逃了出去。几百个农人，他是唯一逃出去的一个。他追上撤退的部队，成为一名士兵。有老兵劝他不要当兵，老兵说，以我们的装备，这不是打仗，不是拼命，而是送死。他说，我当兵。老兵说，当兵，肯定活不过三个月；被俘，运气好的话，可以熬到战争结束。他说，我当兵。老兵说，真不怕死？他说，怕死。但我当兵。

他怕死，更怕被奴役。

他没有枪。没有枪的新兵很多。冲锋时，他扛着大刀，紧跟住前面的老兵。老兵倒下了，他拣起枪，继续往前。战斗打响以前，他曾担心过枪，老兵告诉他，这个最不用担心。老兵说今天是他当兵三个月的最后一天，正常的话，就该阵亡了。他猜得很准。他还说现在，当兵两个月，就是老兵了。他这才知道，老兵不过二十一岁，三个月以前，还是西式医院里的一名牙医学徒。

老兵说得没错，他们不是拼命，而是送死。一拨人填进去，一拨人又填进去，一拨人再填进去，似乎死的不是人，而是牲畜。长官说，这叫"添油"，这是他们唯一可以选择的战术。他懂。在乡下，冬夜长，想油灯燃烧不息，就得不停地添油。他想，之所以让士兵们前赴后继，是因为，那火焰可以奄奄一息，但绝不能灭。

现在，他怕死，更怕熄灭。

可是战争竟然结束了。可是战争竟然真的结束了。听到这个消息，他不相信，仍然攥着烧火棍般的枪，缩在战壕，不敢出来。他已当兵三年，他是整个师部唯一活过三年的士兵。三年里他杀死十多名敌兵，他清晰地记得每一个士兵的模样和临死前的表情。然后，在他随后的生命里，那些士兵毫发毕现，面目狰狞，夜夜与他纠缠。不管如何，他成为英雄，他应该受到赞美和英雄的待遇。

可是他回到乡下，日出而作，日落而息，养鸡，放牛，院角种满桃红色的指甲花。他说，我打仗，不就是为了回来吗？这么多人送死，不就是为了这样的生活吗？这样挺好，他挺知足。

很多年过去，几乎没有人再记起他曾经是一名士兵。又很多年过去，几乎没有人再知道这里曾经被轰炸，被占领，被蹂躏，这里的人们曾经被驱赶，被奴役，被屠杀。每一天，他哆哆嗦嗦地走过村路，挤满老年斑的脸努力抬起。他仰望天空，他怕有一天，天空里再次出现密密匝匝的飞机，然后，炸弹呼啸而下。临终前几天，他想告诉每一个人，曾经的村子，妻子，女儿，父亲，母亲，兄弟，炸弹，大火，老兵，战壕，履带，尘烟，炸成两段的尸体，黏稠的鲜血，鲜血，鲜血……可是他太老了，已经发不出声音。他知道他不会忘记，但他怕活着的人们会忘记。

现在，他不怕死，他怕遗忘。

妈　妈

　　小苗让爸爸给妈妈打个电话，再打个电话。妈妈三年没有回来，儿童节这天，她特别想看看妈妈。男人说，妈妈工作忙啊！一来一回，得三天。小苗说，可是我都等三年了。男人说，你想要什么，我给你买。小苗说，我想要妈妈。男人说，信不信我揍你？小苗说，你揍我，我也要妈妈。男人的心被扎了一下，整晚翻来覆去，睡不踏实。

　　早晨男人又给女人打了个电话。他说，要不你就回来一趟吧，小苗怪可怜。女人说，一来一回得三天。男人说，小苗都盼你三年了。女人说，路上还得搭不少钱，我的情况你又不是不了解。男人说，小苗昨晚说梦话，喊妈妈。又说，花多少钱，算我的吧。女人不吱声了。过很久，说，我跟他商量一下。

　　女人是独自回来的。小苗换上最漂亮的衣裙，跑去村口等她。阿姨说，妈妈得明天才回来呢。小苗说，我知道，我只是看看。小苗去幼儿园，一天心不在焉，放学后，又去村口待到很晚。第二天，小苗大清早跑去村口，说妈妈三年没有回家，怕她不认识路。阿姨说，让爸爸等她吧！咱俩回家给妈妈做饭。小苗说，可是我想等她。阿姨叹一声，对男人说，你陪着小苗吧！她回去，杀鸡，洗菜，切香肠，想了想，又去村头超市，买来一瓶红葡萄酒。

小苗见到妈妈，搂着她的脖子，半天不肯撒手。女人把小苗抱了又抱，亲了又亲，将眼泪擦了又擦，擦了又擦。女人说，妈妈对不起你。小苗说，妈妈今天别走。女人说，妈妈给你带了很多好吃的。小苗说，妈妈今天别走行吗？男人带女人和小苗回家，阿姨已经备好满满一桌菜。阿姨搓搓手，说，都是你和小苗最爱吃的。又说，是小苗弄的菜谱。

小苗坐在妈妈怀里，眉飞色舞。她给妈妈讲幼儿园里的趣事，给妈妈唱刚学会的儿歌，给妈妈夹好吃的菜，又盯着妈妈的脸，求她每年六一回来一趟。整顿饭阿姨都没有坐下来，她忙前忙后，又给女人准备了两袋自家产的小米，让女人带回城，慢慢吃。小苗说，阿姨明天准备也来得及。阿姨盯着女人的脸，说，是啊。女人低下头，亲着小苗的脸，说，快吃饭吧！

女人与小苗到院子里玩，阿姨对男人说，就让她住一晚再走吧！男人说，我说了哪里算？阿姨说，怕这样下去，小苗会慢慢疏远她的。男人说，不会的，毕竟是亲妈。阿姨说，你去院子里陪陪她们，我再给她切点腊肉，路上吃。

男人去院子，女人正在打电话。男人听女人说，放心吧，不会耽误的。女人再一次抱起小苗，亲了又亲。女人说以后你去城里读大学，就能天天守着妈妈了。还有个你从没见过的哥哥，叫小强。女人到墙角抹泪，小苗跑过去，拉着女人的手，说，我把晚上的菜谱也给你弄好了。女人说，去睡午觉吧小苗，爸爸说你整晚都没睡。小苗说，我不要睡，我要陪着妈妈。女人说，我陪你睡。小苗说，不要，你会趁我睡着的时候走的。女人说，今天我不走了。小苗说，我不信你，我不要睡。女人盯着男人，男人说，不睡不睡。妈妈陪你玩。

黄昏时候，小苗终于睡着。女人将她轻轻放到炕上，亲了她的小脸，就要离开。阿姨说，就陪她一晚上吧？女人说，我太忙了。再说总要走的。阿姨看向男人，男人说，我去送你。

男人刚刚发动摩托，小苗就醒过来。她赤脚跳下炕，边哭边追赶着摩托车。她说，妈妈别走，妈妈别走。她被绊了一跤，爬起来，继续跑。阿姨陪着她追。阿姨既不敢阻止小苗，也不敢让小苗独自在村路上疯跑。

摩托车在村口消失。小苗哭啊哭啊，任阿姨怎么劝，都停不下来。男人从镇上回来，小苗还在哭，还在抹泪，却不吱声。男人说，妈妈以后会常回来的。小苗说，她总这么说。男人说，吃饭吧！阿姨给你做了好吃的。

小苗吃着饭，擦干最后一滴泪。阿姨给小苗夹一口菜，小苗抬起头，突然说，妈妈。阿姨愣住，问小苗，什么？小苗说，妈妈。阿姨愣了很久，背过身，肩膀抖颤。

天暗下来。男人打开灯，家就亮了。

大脚辫子

起初，大脚辫子只有大脚。

六岁那年，大脚辫子就长成一座小铁塔。母亲给她裹脚，说，裹了脚，才像个女人。肮脏并且结实的布条一层层裹紧，大脚辫子听到她的脚骨发出"咯嘣咯嘣"的声音。她说，我的骨头全都断啦。母亲说，断了就对啦。她说，我不要裹脚。母亲说，裹了脚，才能嫁男人。大脚辫子闭了眼，咬了牙，泪水、汗水和鼻涕糊满一脸。她的号叫在村子里回荡了整整一个下午，然后，到晚上，她将缠住两脚的布条解开，又将房顶捅出个窟窿，一个人逃进荒野。

大脚辫子失踪了半个多月。母亲以为她死了，将她的衣服收拾到一起，准备挖个坑埋了，从此就当没这个闺女。母亲育有五个闺女和一个儿子，少她一个，就像丢失了一只猫崽。可是那天，大脚辫子突然出现在母亲面前。她蓬头污面，衣衫褴褛，手持一把剪刀。她说，要是你再逼我，我就杀死自己。母亲盯她半天，叹一声，随你去吧！

三个月以后，这样的事情又重演一次，母亲便对她，彻底失望。那时在乡下，女人不裹脚是一件很可怕的事情，母亲常常愁容满面地说，你哪里还是个女人？

其时已是民国，而母亲和大脚辫子都不知道，从那时起，中国女人的脚不会再受到任何束缚。大脚辫子只是不想裹脚，即使不做女人，她也要一双大脚。

大脚辫子长大以后，比男人的脚更大，比男人的饭量更大。她站在男人堆里，男人们只及她的下巴。她担水，种田，伐木，去码头扛活，一个人能顶两个男人。可是没有男人敢娶她。虽然民国了，虽然大脚更方便，可是，乡下男人们仍然愿意娶一个小脚女人。小脚女人听话，男人说一是一，说二是二。

所以大脚辫子开始留辫子。辫子又粗又亮，辫梢垂到腰际，垂到膝窝，垂到脚踝，大脚辫子终从"大脚"变成"大脚辫子"。留长了辫子，大脚辫子便像女人，可是仍然没有男人敢娶她。没人娶她，便罢了，大脚辫子宽大的脚板击起尘烟，粗长的辫子甩起辫花。大脚辫子一顿饭吃得下半锅饼子，她说，她不过吃了个半饱。这样的饭量不但惊人，简直能将人吓个半死。男人们便说，大脚辫子真是一条汉子。

鬼子打过来，村子几乎变成空村。大脚辫子却不走，说，我的家在这里，土地在这里，凭什么要走？母亲便劝她，跟鬼子不能讲道理，命要紧。大脚辫子说，要走你们走，反正我不走。母亲和兄弟姊妹们一齐上前拽她，大脚辫子伸手，一推，一挡，面前呼啦啦倒下一片。大脚辫子看着母亲，半天，叹一声，快逃命吧！

鬼子进村一次，东翻翻，西找找，将房子点上火，将活鸡活鸭用刺刀挑着，走了。大脚辫子便嘲笑村人的胆怯，认为一切都过去了。可是几天以后，大脚辫子去县里买鸡崽，夜间独自走到荒郊野岭，突然被一个鬼子拦下。鬼子单枪匹马，提着手枪，唇上留一点黑苍蝇般的胡子。从手枪和军装判断，大脚辫子知他是个小官。鬼子官仰头看着三十多岁的大脚辫子的脸，眼睛里露出邪光，嘴巴里淌出口水。他扬扬手枪，后退一步，示意大脚辫子给他跪下。大脚辫子垂眼，低头，弯腰，屈膝，却没有跪下。她的辫子突然跃起，如一柄又长又弯的有着生命的镰刀，笔直地削向鬼子。鬼子一惊，一怔，一喊，一炸，枪响起，子弹却有气无力，翻起跟头。是时，大脚辫子的辫梢准确地切中鬼子的脑门，鬼子闷哼一声，栽倒在地，手枪摔出很远。大脚辫子踉踉跄跄，一口气跑回家，天就亮了。几天后大脚辫子知道，那鬼子竟被她一辫砍死。有鬼子军医验尸，却怀疑是军刀所致，遂在附近村子盘查，当然未果。

此事在附近村子流传甚久，一直流传到鬼子投降，流传到新中国成立，流传到"大跃进"时期，然后，流传至今。"大跃进"时的大脚辫子年近六旬，却依然饭量惊人。饿得受不了，她就吃树皮，吃石头，吃泥土，甚至吃自己的辫子，啃自己的手指。不管她吃什么，三年大饥荒的最后一年，她还是被饿死了。人们都说，她饿死，是因为她的饭量实在太大了。

她的饭量实在太大了。可是临死以前，她说，就算饭量再大，也该有口饭吃。说完她才死去，那双脚皮包着骨头，却仍然大得骇人；那辫子不再乌黑，无力地垂着，荡来荡去，就像一段枯草搓成的绳子。

有关大脚辫子的故事，老家的人们人人皆知。前些日子，我仔细查阅过县志，那上面，却找不到她。

我是个兵

之前，他喜欢别人叫他兵。现在，他不愿别人再叫他兵。

因为他不再是兵。

他当兵，因为饥荒。大旱之年，庄稼没有收成，他需要让一家人填饱肚子。正好有队伍过来，他就当了兵。当兵，一个月一个大洋，妻子和女儿就能生活得很好。

当兵不是种地。种地，与高粱打交道，与锄头打交道；当兵，与尸体打交道，与魔鬼打交道。他的子弹追赶着敌人，或者被他敌人的子弹追赶……他趴在战壕里，趴在草丛里，趴在尸体堆里……子弹击中他的头盔，或者咬上他的右臂……很多次，他认为自己绝活不过下一秒钟。如果不是因为大洋，他想，他一辈子都不会当兵。

他身负重伤，在医院里养了三个多月，然后回到家乡。正值初夏季节，田野绿意盈盈，家乡阳光遍洒。春天到现在，风调雨顺，庄稼疯长，今年注定会有个好的收成。妻子与女儿守在村口，看到他，女儿笑个不停，妻子且笑且哭。他庆幸自己受伤。受伤，就能回家，就能扔掉杀人的步枪，拾起耕田的犁耙。男人活着图什么？既不是打仗，也不是当英雄，而是守着几亩地和自己的家人，熬尽平淡并且快乐的年月。

可是战争仍然不肯结束。每一天，都有难民从村口经过。他们或拖家带口，或孑身一人，却是无一例外的悲惨模样。很多家庭在瞬间破碎，很多村子被夷为平地，似乎世间再也没有安全之所。他会给他们一口吃的，他也仅仅能够给他们一口吃的。后来他连吃的都不能再给他们。难民如同蚂蚁，浩浩荡荡，丰收之年，他的粮食依然不够。

每天他都在祈祷战争早些过去，可是战争似乎永不会结束。不断有难民将最新的战事告诉他，他听到的一切，全都是坏消息，坏消息，坏消息。他知道，首都已经沦陷，华北已经沦陷，半个中国已经沦陷。他知道，照这样下去，他平静的家乡将很快成为战场，或者坟茔。

夜里他对妻子说，我曾经是一个兵。妻子说，现在你不是了。他说，玩命总会有赢的可能。妻子说，这不叫玩命，这叫送死。他说，可是我回来了。妻子说，你只是回来过，如果再有一次，你会死的。他说，鬼子迟早会打过来。妻子说，就算你当兵，鬼子也会打过来。几万人的队伍，多你少你没什么区别。他说，可是我还想当兵。妻子说，你还当得了兵吗？他愣了愣，看看身边的女儿，女儿睡得正香，梦里露出了笑。他说，你说得对。现在我去当兵，等于去送死。

每天，他按时种地，按时回家。田野静默无声，他的耳边却响起隆隆的炮火声。每当这时，他都会被锄头烫伤。终于，那天，他在村口的难民潮里，看到他的战友。

战友坐在独椅车上，他的老父亲推着他。战友失去两腿，却不是在战场上，而是在故乡。战友说他正种着地，炸弹就落下来了。他是战场上的英雄，却在自己的土地上变成废人。战友逃向南方，战友说，他或许会死在路上。

那天他没有去种地。他去了一趟金龟山，来到报国寺。报国寺已存世间一千多年，可是也许明天，它就将不复存在。他在寺里待了一天，却只是坐在松树下，盯着"报国"两字，沉默不语。夜里他回到家，亲吻着沉睡的女儿，亲了又亲，亲了又亲。他对妻子说，我还是兵。妻子就哭了。她知道她已劝不住他。那天妻子整夜未眠，她给他烙出三十张大饼。

　　天明时他作别妻女，离开家乡。运气好的话，当他啃完最后一张大饼，就能够找到部队。他会告诉他们，他当过兵，拿过枪，打死过鬼子。他还会告诉他们，他的右臂就是在战场上失去的，不过现在，他至少还有左臂。

冷　夜

那绿色一直诱惑着他。他曾试图将目光移开，却总被那绿色硬生生拽回。晚饭时他喝下两大碗菜汤，这让他有一种很饱的感觉。吃饱不想家——他的工友这样告诉他。但现在，尽管那些汤汁在他的肚子里发出咕咚咕咚的声响，他却非常想家——因为那绿色。

他已经三年没有回家了。

那绿色就在他身边，在超市的货架上，一伸手，便可以拿到。那是一小袋新鲜的无花果，残留着阳光的甘甜与芬芳。那些翠绿小巧的果实圆润并饱满，每一袋标价五元。他把手抄进口袋，又拿出来，再抄进去，再拿出来。他盯着其中的一袋，眼睛里伸出无数双手，在那翠绿上抚摸。

旁边有人轻轻地碰了他一下，那是位娇小美丽的女人。女人低了头，嗅了嗅那一小袋无花果。女人露出满足的表情，她把手伸向那袋翠绿。

却是他抢先抓走了那袋果实。他什么也没有想，只是下意识地把它抓在手里。他没有看女人，开始往回走。他看到收款处排了很长的队。他站在那里等，抓着袋子的右手开始抽筋，拇指突突跳动。后来他的整个胳膊都开始颤抖，不能自控。这时他想起家乡，想起父亲，想起院子里的无花果树。他竟然把那袋无花果撕开，拿出一个，放进嘴里。

他咀嚼的声音很大，嘴里的芳香和甘甜让他变得放松，充满幸福感。这时他看见远处有一位保安，保安盯着他，目光中充满了讥笑和愤怒。保安的手里也许还抓着什么东西，保安朝他走来，越走越快，越走越快……

他看看保安，张张嘴，却没说话。他突然感到恐惧。

然后他便犯了一个永远无法挽回的错误。

他猛地推开前面的人，撒腿冲出超市的大门。伴着"抓贼"的叫喊声，很多人被他勇猛地撞倒。他的手里，仍然紧紧地攥着那个袋子。

他突然想，如果这样不停地跑，能不能跑回乡下？

他已经跑过了两条街，他看到远处有一个模糊的巨大阴影，黑暗中似向他露着尖尖的牙齿。那是他和工友们盖了一半的楼房。他向那里跑，其实那是与家乡完全相反的方向，但他还是朝那里跑。风吹开他黑乎乎的衬衣，露出同样黑乎乎的胸膛。他认为自己跑得飞快，他听见自己风箱般的剧烈喘息。

跑过第三条街的时候，后面的声音小了。他却不敢停，仍是跑。他一边跑一边回头，后面没有人，一个也没有。他松口气，然后他便听到轮胎摩擦地面的尖叫和自己的身体被钢铁击中的闷响。他在空中划出一道怪异的弧线，砸弯了路旁的护栏，然后被弹回，击中汽车飞速转动的后轮。在身体连续的翻滚中，他竟然清晰地看见轮胎上冒起的红色烟尘。

他翻一下身，他认为自己还能动。他想站起来接着跑，身体却似被压上了巨石。他开始爬，狗一般地爬，伤狗一般地爬。他听到旁边有人发出惊恐的叫喊，他听到"抓贼"声逐渐向他靠近。他却突然变得冷静，莫名地冷静。

他爬。身下那段柏油路的颜色变得更深，淤积着他黏稠的血。一段肠子拖在他的身后，像跟住他的一条红色鳗鱼。他不出声，不停地爬，冷静地爬，一刻不停地爬。有风，一个废旧的塑料袋沾在那段肠子上，被他拖着走，像一个活动的标签。

他张张嘴。他想说话，却吐出一大口血。他盯着那血，血中有无花果的细小籽粒。他又一次想起父亲和小院。他知道那是一袋来自自家院子的果实。就算把全世界的无花果全部放到一起，他也能一眼找出自家院子的无花果。

他想说话。他想说，他只想尝尝自家院子的无花果，只想尝尝。他不想偷，他不是贼。可是他说不出话，血块堵住了他的喉咙。这时他发现自己的手里还紧紧攥着那袋无花果，于是他笑了。随着那笑，夏夜里，他的身体，变得和月亮一样冷。

孟三罐

孟三罐，滨城名医。

孟三罐看病，望闻切问，与其他大夫无异。不同之处在于火罐。别的大夫也下火罐，却多为辅助，草药才是根本。唯孟三罐不同。望闻切问完毕，病人俯卧，撸衣露背，孟三罐洗手温罐，表情凝重凛然，然后，只见他一手把火，一手持罐，啪啪啪火罐落于病人后背，势如疾风闪电。伴着病人几声惨叫，那后背上，便长出或红或紫的疙瘩。落罐无定数：有时九罐，状如九子拜寿；有时七罐，状如七星北斗；有时五罐，状如凌寒独梅；最多四十九罐，密密匝匝状如蜂巢。大多时候，只有拳头大小三只罐。三罐或摆成一列，或三足鼎立，病人躺在床上，龇牙咧嘴。

火罐撤下，孟三罐再为病人开几副辅疗草药，让儿子当归拿到后院，碾碎，研末，拌蜜，弹成蜜丸，嘱病人注意事项，就完了。过些日子，病人必上门答谢。为何？罐到病除，相当灵。

孟三罐的诊室，本名"天仁堂"，因他的名气越来越大，干脆更名"孟三罐"。匾上三字为孟三罐亲题，横不平，竖不直，团成圆形，与其手下之罐很是相似，然细看，大拙之中又藏有几分大巧，大愚之中又藏有几分大智，盯久了，背部竟也有了感觉，如烧似烤，如捏似揉，酥痛中透着舒坦。

常有人过来偷艺。扮成病人，喘息或者咳嗽，孟三罐望、闻、切，便笑了。他让当归取来两斤点心，或一斤核桃，或半斤白糖，恭恭敬敬送给来人，然后挥挥手，客气地说，别再来了。根本不必问，孟三罐便可识破来者的把戏。来者便红了脸，泄了气，怏怏而归，对孟三罐的为人，从此敬佩得五体投地。

也有人过来拜师。揣了钱，提着礼品，诊室外长跪不起。孟三罐忙毕，提了长衫一角，走到来者面前，扶他起来，说，不收徒。知趣者，便走开。却有固执的后生不肯走，跪了两天两夜，终口吐白沫，晕倒在地。孟三罐让当归背他上床，啪啪啪三罐下去，再给他服些汤药，后生便精神抖擞了。精神抖擞的后生回家对着镜子研究三个火罐的位置、形状、力度，直到三个紫疙瘩变成红疙瘩，三个红疙瘩变成粉疙瘩，三个粉疙瘩彻底消失，也没研究个子丑寅卯出来。

偷艺不成，拜师不得，便只剩最后一记阴招。早晨孟三罐走进诊室，见诊室一团糟，所有火罐被偷得干干净净。孟三罐微微一笑，请候在门口的病人进来，望闻切问完毕，取来三个饭碗，又让病人俯卧，撸衣露背。孟三罐洗手温碗，表情凝重，然后，一手把火，一手持碗，啪啪啪三碗下去，与用罐别无二样。随后，开些草药，交给当归，撤碗，抱拳，病就看完了。几天以后，病人登门答谢，又送孟三罐一块牌匾，上书：华佗再世。孟三罐笑笑，匾挂诊室，却从不看它。

全滨城的大夫都在研究孟三罐的火罐。全滨城的大夫都琢磨不透孟三罐的火罐。连当归也琢磨不透。当归越长越大，苦研医术，而孟三罐只肯教他一点皮毛。当归不理解，孟三罐轻捻胡须，说，医之事，一生之事，急躁不得。何况总有一天，我会将医术全都传授于你——包括火罐。

孟三罐二十岁开始行医，二十五岁有了名气，三十岁名声大振，七十岁作古而去。五十年来，他所医过的患者，没有一万，也达九千。

临终前，孟三罐将当归唤到身边，问他，想不想学火罐？

当归点头，当然想。

孟三罐笑笑说，连我的火罐都敢偷，还看不出门道？

当归红了脸，低了头。

孟三罐哆哆嗦嗦，枕头底下摸出一本又黄又旧的薄书。我一辈子，就琢磨了这点东西。他说。

当归接过书，从第一页翻到最后一页。他没有看到与火罐有关的一个字。

火罐呢？当归不解地问。

没有火罐。孟三罐长叹一声，说，我的火罐，其实与别的大夫没有不同。这么多年，其实，我一直在用草药给他们治病，却打了火罐的招牌。明白我的意思吗？没有火罐，我不过一介郎中；有了火罐，我就成为名医。至于你以后要做郎中还是要做名医，自己做主吧。

孟三罐死后，当归接替了他的"孟三罐"诊所。与父亲不同的是，诊所只有草药，却无一罐。滨城百姓于是相传，孟三罐至死也没将他的罐术传给当归，摇着头，走过"孟三罐"诊所，却并不进去。

三年以后，诊所关门。当归改行经商，竟名声大振。

美人鱼

见到她的时候，她坐在长椅上，长发随风摇曳。她的脸美得令人窒息，锁骨闪烁出锦鲤般的动人光泽。她静静地看向远方，远方风起云涌。

她一袭长裙，如同一条美人鱼。她的身边坐着一位老人，面前停着一个轮椅。他走近她们，猜测着到底谁是轮椅的主人。

他问她哪里可以寻一叶舟，他说他想坐在湖面上，看波光粼粼。她笑笑，说，往前就是。他还想说些什么，却寻不到借口。他往前走。他用后背感觉到她在看他。

他没有找到游船。确切说他根本没有去找。他坐在金山湖畔，听风，看水，却发现她成为他心里的唯一风景。返回时，他故意绕到长椅，却既不见她，也不见轮椅和老人。他坐在长椅上，那里仿佛还留着她的体温。他知道他爱上她了，如同白娘子与许仙的邂逅，很多时候，爱情只需一个瞬间。

他将两天的行程改成三天，又改成五天。他希望可以再遇见她。可是遇见又能如何？他只是一个过客。或许，她也是。还有那个轮椅。假如那轮椅真的属于她，他不知道自己是否还有继续爱她的勇气。

第二天，他没有遇见她；第三天，他仍然没有遇见她；第四天，他没有再去。他不敢。他开始相信一段爱情尚未开始就已经结束。当然这并非因为她的轮椅，而是不合时宜的邂逅。这世间有太多邂逅，也有太多一见钟情。但其实，不过是自以为是的一场梦而已。

第五天，他决定再去一次。长椅边他只见到她和轮椅，却不见了老人。她依然一袭长裙，美得炫目。

似乎不再有悬念了。他想默默离开，却上前，冲她笑笑。他递她一杯奶茶，两个人静静地喝。

这就算熟识了吧？他们开始闲聊，像一对即将分离的老友。

她给他讲故事。她说他肯定听过美人鱼的传说，在这里，只要有人落水，便会有美人鱼搭救。美人鱼其实是一位女人，虽然她游动的时候像极了美人鱼。然而这天，当湖水中突然有人遇险，慌乱中的女人从高处一跃而下，她的身体砸中一块凸起的岩石。从此，她永远失去了双腿。

她看着他。他看着轮椅。

不语。

我不是美人鱼。她突然笑笑，说，阿姨才是。每个周末我都会推她来这里看看。

阿姨呢？他想起那位老人。

走了，她说，无疾而终。我也是刚得到消息。我留下了她的轮椅，我想她应该在世间留下一点什么。

他们沿湖边散步，看湖光潋滟。突然他停下来，看她，目光里充满询问。

你猜对了。她说，以后，我就是这里的美人鱼。

他笑，突然间无比踏实。留下来陪她的决定是在瞬间做出的，却永不会改变。他开始变得恍惚。他不能分辨走在他身边的，到底是一位美丽的姑娘，还是一条善良的美人鱼。

大　义

老吴的叔叔，突然找到他。

叔叔说，如果你不帮我和狗娃，怕是没人帮得了我们。

狗娃酒后去镇子赶集，因两句话，与一个后生动起手。狗娃顺手抄起旁边的锄头，后生的脑袋上，就多出一个血窟窿。后生被送进医院，十几天来，醒不来也死不了。后生的老母亲，整天呼天嚎地。

后生的家人将叔叔家翻了个底朝天，又将村子围困数日，仍等不回狗娃。狗娃失踪已达数日，没人知道他到底逃到了哪里。

老吴的父母死得早，全靠叔叔将他养大。叔叔不仅养大他，还勒紧腰带供他读完大学。假如没有叔叔，老吴也许早就饿死了，更别提能当上区法院院长。好多次，过年回乡下，老吴喝多了酒，拍着胸脯说无论叔叔摊上什么事，他都会帮他。再喝一口酒，补充道，哪怕没有立场。

尽管酒醒时，他挺讨厌自己这些话。可是再喝酒，再喝多，他还会说。

现在老吴没有喝酒。没有喝酒的老吴，话说得就会谨慎很多。

他问叔叔，狗娃去哪儿了？

叔叔说，狗娃这种情况，能判几年？

不好说……那后生不是还没醒来吗？老吴支支吾吾，还得看当时的具体情况……如果狗娃能自首……

生活刚好起来，怎么会出这样的事？叔叔擦一把泪，说。

狗娃刚刚大学毕业。他回乡下看望叔叔，顺便等一个事业单位的录取通知。狗娃出事那天，通知恰好来了。叔叔捧着通知，哭到半宿。

狗娃要面子。如果蹲几年监，怕他出来会干傻事。叔叔说，我太了解狗娃了，他把尊严看得比什么都重要。狗娃绝不能坐牢。

叔叔老来得子。狗娃是他唯一的希望。

晚上叔叔在老吴家里吃饭，两个人都喝多了酒。老吴突然说，你把我当亲儿子，我也把狗娃当亲兄弟。

叔叔抬起眼，帮他吗？

老吴说，哪怕没有立场。

然后，吐得昏天暗地。

送走叔叔，老吴从手机里翻出几个电话号码。每一串数字都代表着一个好兄弟，老吴知道，只要把狗娃送去他们那里，每个地方待上一年半载，几年后再回来，这件事也许就过去了。

他怕狗娃出事。不是现在，而是以后。因为狗娃把面子和尊严看得比什么都重要。

有人敲门。猫眼里看，破烂的乡下老农打扮。开门，老农给他跪下。扶起来，老农再跪下。再扶，老农死活不肯起来。

知道狗娃是您堂弟。老农说，可是他打伤了我儿子。

这与我有什么关系？

当然没关系。老农说，我只想给您磕几个头。

老吴突然想哭。他知道老农有很多话想说。他知道老农什么也不敢说。他知道老农对他非常不信任。他知道老农的心里，尚存一点希望。

他试图扶起老农，他仍然没有成功。他终陪老农跪下，老农面前，他比老农还要卑微。他甚至陪老农抹眼泪，陪老农磕头。后来他起身给老农倒一杯水，回来时，老农已经不在。老农跪倒的地方，那么坚硬的大理石地面，似乎多出两个浅浅的小坑。

那夜，老吴再一次失眠。他听到牙齿咬出"咯咯"的声音。

早晨老吴开了车子，找到狗娃。狗娃并未跑远，他躲在一个看似极危险实则很安全的地方。之前，老吴并没有猜到他的堂弟竟会有如此心机。

尽管狗娃比老吴小了近二十岁，但狗娃的确是他的堂弟。

狗娃钻进车子，说，我爸都对我说了。又说，我在那边绝不会再惹祸。

老吴不说话。车子开得飞快。却不是高速公路的方向。

狗娃感觉出蹊跷。哥，去哪儿？与其说是询问，不如说是哀求了。

老吴不说话。他将车子开到派出所门前。

自首吧！将车子停下，他回头，看着狗娃。

狗娃打开车门，欲逃。老吴拽紧他。

你做错了事，你该付出代价。老吴说，你有尊严，后生和他的家人也有尊严，法律也有尊严……

放开我！

自首吧。

狗娃掏出刀，比画着，试图逼开老吴。争夺与撕扯中，刀子稀里糊涂地刺出，老吴挣扎了几下，瘫了身子，胸口汩汩地冒出血。

昨晚老吴就猜到这样的结果。他太了解狗娃了。现在，他想，不管他能不能熬过去，不管狗娃会不会自首，他已经做完了他该做的一切。阳光下，他无愧于心。

自首吧！失去知觉之前，老吴看着狗娃，微笑着说。

大　副

　　大副卸完鱼，坐在岸边静静地抽烟。码头在大副面前晃动不止，就像船的甲板。这一趟飘了十七天，鱼越打越小，网却破了两次。大副蹲在甲板上补网，暴雨浇到脸上，眼就睁不开了。闭上眼的大副也可以补网，他自夸有一双手术刀般的手。大副还要帮伙计们上网和下网，择鱼和贮鱼，干得热了，就将自己脱光——古铜色的皮肤上沾满白花花的鱼鳞，就像一条站立的梭鱼。

　　大副扔掉烟蒂，看看表，还有一个半小时。他企鹅般摇摇晃晃走进市区，肩膀上却扛着一颗类人猿般的脑袋。他推开理发店的玻璃门，叫，理个发，再刮个脸。老板转头看他，剪刀差点掉到地上。怎么变这模样？她愣怔着说，你是去打鱼还是去坐水牢了？

　　大副只顾笑，催她动作快些。剪刀在大副头顶嚓嚓地响，乌黑的碎发纷纷飘落，一颗脑袋逐渐清爽有型。然后再刮脸，露出大副轮廓分明的嘴。老板一边忙一边抱怨他满身臭鱼腥，说，如果不是老客人，给三倍价钱都不侍候。大副只笑不语，不时抬起手腕看表。理发用去半个小时，大副看看镜中的自己，向老板跷起拇指。老板说，坐一会儿吧！大副说，不了，先回家。老板说，新来的小姑娘手艺不错。干洗一下，打六折，解乏呢。大副说，不了，以后吧！老板接了大副递过去的钱，意味深长地笑，真是小别胜新婚啊！

大副疾步走过两条街，拐进一家洗浴中心。路上用去十分钟，大副像参加着竞走比赛。大副问窗口的男人，衣服还在吗？男人说当然在，递给他一个很大的塑料纸包。大副把纸包小心地锁进衣柜，又很快将自己泡进温水。从现在起他不允许身上留有一丝鱼腥味，香皂打了三遍，深达每一个细小的毛孔。

大副擦干身体，打开纸包，衣服一件件往身上套。他的表情郑重，动作严谨。过来一位男人，说，回来了？大副说，回来了。男人说，去喝点？大副说，不了，赶车呢。男人说，车还有两班呢！大副说，真不了，下次吧。男人说，想老婆了？大副说，当然。近二十天呢！男人突然变出一瓶香水，瞅空往大副身上吱吱地喷。大副慌了，躲着，说，别闹别闹。那时大副已经穿好了衬衣，打好了领带，套好了西装，擦好了皮鞋。湿漉漉的换衣间里，湿漉漉的大副英俊逼人。

洗澡用去半个小时。现在留给大副的时间，只剩二十分钟。

大副把旧衣服留在洗浴中心。三天后回来，他会把它们带上渔船。

大副一溜小跑钻进附近的商场。他看中一套碎花连衣裙，问问，五百多。再问那套乳白色的，六百多。那条纱巾呢？九十八！乖乖，大副吐吐舌头，逃向二楼。最后他买下一个拳头大小的变形金刚，花掉三十元。大副看看表，只剩五分钟了。大副变成短跑健将，一路狂奔。

刚好赶上了汽车。屁股刚落上座椅，人就睡过去。他踏实放肆的鼾声让很多人直皱眉头。

大副走进院子，儿子扑了上来。大副问，你妈呢？儿子说，薅黄花菜去了。知道你爱吃，说给你下酒。大副问，你妈知道我今天回来？儿子说，妈不知道，这几天她天天去薅黄花菜，说这样不管你哪天回来，都有黄花菜下酒……爹你在船上也穿这么帅吗？大副说，当然，我是大副。这时大副想起变形金刚，掏出来塞给儿子，说，能变三十种形状呢。儿子的眼睛立刻眯成一线，小脸兴奋得通红。大副问，怎么不拆开？儿子说，晚饭时让妈帮我拆吧！大副问，为什么？儿子说，高兴！大副笑了。每一次回来，儿子都会长大一点点。

门外传来声音，大副捂着嘴往屋子里蹿。他和儿子结成同盟，要跟女人开一个玩笑。女人推开柴门，儿子接过她肘弯的柳筐。柳筐里装满新鲜的黄花菜，散发着潮湿的清纯的诱人的香。晚霞中的女人挂一只单拐。那拐杖陪了她二十多年。

女人喘一口气，问，你爹回来了吗？

儿子不动声色，没呢！他背着一只手，将变形金刚牢牢地藏在身后。

女人瞅瞅满脸彤红的儿子，噗一声笑了。她将将额头散乱的头发，整理一下沾了花粉的衣襟，然后冲屋子软软地喊，死鬼出来，杀只鸡去啦！

星月菩提

　　第二次与他见面，他送她一串星月菩提。是他亲自打磨的，用了两年时间。两年时间打磨出一串菩提，却在第二次见面就送给了她，爱情来得突然并且果断。

　　他说，佛教徒需要历练，爱情也是。他不信佛，可是他信缘分，信爱情，信地久天长。

　　星月菩提从此成为她的随身之物。戴上脖子，或缠上手腕，她显出一种与别的女孩不同的秀美与安静。时间久了，菩提珠开始变色、包浆和挂瓷，碰撞之时，清脆有声。她迷恋那种声音。

　　相恋一年后，他回老家过春节。之前因一点小事，两个人闹了别扭，临行前，她没有去送他。她很快后悔了。后悔了，却使着性子，既没有给他打电话，也没有给他发短信。整个春节她过得惴惴不安，心里总感觉有什么堵着，有时候，正盘着菩提，虎口会突然蹦跳起来，越来越快，不得控制。然后，她突然接到他的短信。他在短信里说，我不能再回去了。分手吧！

　　她被这句话击倒，病床上躺了整整半个月。半个月以后，她感觉到事情的蹊跷。她给他发短信，问，为什么？他答，我去了远方。她问，哪里？他不答。再问，哪里？仍不答。他的态度又让她病了一场，这次，整整一个月。

一个月以后，她鼓足勇气拨他的电话，他却不接。几分钟以后，再拨，仍不接。两小时以后，还拨，还不接。第二天，继续拨，继续不接。之后的半年，她不停地拨他的电话，然而那边的他，从未接起。只是，她给他发短信，他偶尔会回。只有一句话，对不起，我不再回去了。

她哭。夜里，冲着墙，手指轻轻摩挲着那串星月菩提。菩提珠颜色更深，更统一，每一颗珠子全都明亮似玉。他曾告诉她，星月菩提需要日久天长才能有玉般的感觉，而她，不过用了两年时间。

两年时间，她似乎走完一生。

她还年轻，可是她竟有了老人的模样和心境。她的人生开始加速，不见他的日子里，度日如年。有两个菩提珠开始开片，裂纹完美，温润逼人——那是别人需要一辈子甚至几辈子才能做到的事情。

有人劝她去找他。他们说，就算找不到他，也能找到他的老家。去他的老家问问，总该给个说法。她笑笑，不语。

也有人劝她忘记。他们说，她那么漂亮，那么聪明，又弹得一手好琴，不值得为一个负心人去等待。她笑笑，仍不语。

她开始读佛经。她读，菩提心是菩萨净土。她读，发菩提心，深信因果。她读，菩萨初发心，缘无上道。我当作佛，是名菩提心。她读，菩提心，即是白净信心义也。她读，菩提心，名为一向志求，一切智慧……

她想忘掉他，她想变得刀枪不入，但她知道，这不可能。

她终日以泪洗面。但她拒绝去找他。

又一年过去，某天，她突然寻一庵堂，削发为尼。除了那串星月菩提，她什么也没有带。

她终日诵经，手持星月菩提，二目沉静并且夐远。她断了他的音讯，断了她的尘缘。可是夜里，有时候，很多时候，当她轻轻摩挲那串星月菩提，当玉石般的菩提珠发出清脆的声响，她的心会痛，然后，越来越痛，越来越痛……

日久天长，菩提珠会变成玉，变成石。她的心呢？她希望她的心，也能变成玉，变成石。

如此，她便不会痛苦。

她不知道，三年以前，在遥远的大山里，他被一块滚落山坡的巨石砸中，不幸身亡。临死前，他对姐姐说，别告诉她。

别告诉她。他不知道他做对了，还是做错了。他即将死去，世间没有给他留下过多的思考时间。

姐姐也不知道，她这样做，是对还是错。她开着他的手机，却不敢接她的电话，只是偶尔，她会回她的短信。好几次，她想将弟弟去世的消息告诉她，她一次次写好短信，又一次次删掉。她不敢，不忍。她想，她终会来。她来，她就将一切告诉她。

可是她终没有来。她守着庵堂，诵经，种田，熬尽一生。

她不知道这些。她想知道，又不敢知道。她的心里，一万种可能，唯没有他已负心。她相信他，却不敢去找他。她怕在世间，找不到他。

她宁愿守着自己，盘着化为玉石的菩提，每一天，在胆战心惊中等待。

学生餐厅

男孩一直在那家餐厅吃午饭。餐厅在高校门口，中午挤满了前来就餐的大学生。他们围坐一起，聊足球或者政治，壮怀激烈。男孩总是坐在一个角落，要一份面条，默默地吃。也是读大学的年龄，他却只能在附近的陶瓷厂打工。

学校有食堂，可是学生们喜欢出来吃饭。也许是他们向往自由吧？一堵墙，墙里墙外，感觉肯定不会一样。何况这家餐厅的饭菜价格，比学校食堂的还要便宜。

男孩注意到一位女孩。女孩长得很漂亮，扎长长的马尾，穿雪白的汗衫。她和同学们围坐一起，静静地吃饭，非常文静。有人说到精彩处，她会抬起头，微微一笑。那是让人战栗和昏厥的微笑，灿烂却内敛，纯洁且随和。女孩让男孩自卑和心动——越自卑越心动，越心动越自卑。

男孩想也许他爱上女孩了。仅仅是爱上她，是开端也是结束，是全部结果。在二十年的生命里，他常常爱上某一位女孩，那些女孩全都有着长长的头发和灿烂的微笑。他知道自己不该爱上她们，可是他说服不了自己。那爱是深埋心底的，是不会被任何人知晓的，所以他有爱上她们的权利。男孩想，卑微也有卑微的好处，这可以让他爱上世界上所有美好的女孩。在心里与她谈情说爱，在心里再把她偷偷放弃。男孩为卑微叫好。

和往常一样，男孩坐在角落里吃一碗面条，女孩和她的同学围坐着另一张桌子吃饭。这时进来一位年轻人，光着膀子，胳膊上刺一只蝎子。"刺青"俯下身子与女孩说话，女孩不理他，却有一位瘦高个男孩站起来推他一把。"刺青"愣了愣，一拳将瘦高个打倒。瘦高个爬起来，操起一只酒瓶就往前冲。"刺青"闪也没闪，再一脚将他踹倒。然后"刺青"就骑到瘦高个身上，拳头狠狠地击打着他的脸。

很多人去拉，拉不开。有人掐"刺青"的脖子，却被他甩开很远。场面已经失控，女孩打电话报警。很快，警笛声由远至近。

"刺青"站起来冲女孩说，你狠，就往外走。女孩却抢先一步堵到门口。"刺青"对女孩说，让开。女孩当然不让开。于是"刺青"抓起一个酒瓶，再冲她说，让开。女孩仍然不肯让开，"刺青"就抡起酒瓶。男孩就是这时候冲上去的，之前他一直在安静地吃饭，他的嘴角甚至挂着一根面条。他冲过去，闪电一般，护住了女孩……

那天，男孩的头，被缝了五针。

以后在餐厅见面，女孩就主动跟男孩打一声招呼。仅仅是一声招呼，然后，女孩吃她的饭，男孩吃他的饭。终于有一天，男孩正吃着饭，女孩大大方方地走到他面前，说，谢谢你。

男孩红了脸，忙说，谢过了。

女孩说，再过两个月我就毕业了，就让我再谢一次。如果我有什么可以帮助你的……

男孩想了想，说，如果方便，能不能帮我借些课本？晚上没事时，我想翻一翻。

女孩便笑了，她说，没问题。

第二天中午，女孩替男孩拿来他需要的课本。他要的很多很杂，所以大多都是女孩替他借来的。是通过瘦高个男孩借来的。在学校里，瘦高个交际广泛。

晚上男孩躺在宿舍，一本一本地翻看。可是他根本不可能看懂那些课本，他感觉到一种深深的无奈。突然他在其中一本里看到一张字条，只有三个字：我爱你。

男孩的脸就又一次红了，心怦怦地跳。他有一种恐惧的感觉。他想，自己根本不配得到女孩的爱情，更不可能为女孩带来幸福。那几天他甚至不敢去餐厅吃饭。几天后，男孩终于下定决心，在餐厅找到女孩，并委婉地拒绝她。女孩却愣住了。她说，那字条不是我写的……书是"骆驼"帮我借的……也许是"骆驼"写给我的吧……我怎么可能爱上你呢？

男孩笑了笑。眼底，却有一种深深的伤悲。

女孩找到叫"骆驼"的那个瘦高个男孩，委婉地拒绝了他。"骆驼"也愣住了。他说，我没有写过字条啊……我怎么可能爱上你呢……书是我借来的，也许是她写给我的吧？

然后"骆驼"找到借书给他的女孩。可是那字条也不是她写的。那本书曾经在宿舍的某一个抽屉里放了将近半个学期，很多人翻过它。现在已经无法考证那是谁写下的字条，是写给谁的字条。

这件事让他们很开心。他们感觉这世界真是微妙，一张字条，三个字，代表了无数种可能。临近毕业的日子里，他们仍然去门口餐厅吃饭，仍然聊足球或者政治。聊到精彩处，女孩仍然抬头微笑。那微笑，仍然纯洁和动人。

只是餐厅里却不见了男孩。他换了另外一家餐馆。虽然那家餐馆的面条，比这家贵出一块钱。

只因一句话。只因女孩对他说：我怎么可能爱上你呢？尽管男孩知道女孩不可能爱上他，可那是一回事，由女孩说出来又是另外一回事。那远比拒绝一百次令人难堪、痛苦和伤心。男孩想，也许他这一生，都不敢再正视这位女孩。

　　或者，不敢再正视所有扎着马尾、穿着白汗衫的女孩。

　　或者，不敢再正视所有的女孩。

你我之罪

　　兵走进宅院，宅院寂静无声。牛安然地嚼着枯草，雪花飘落一地。这里仿若世外桃源，可是兵知道，几分钟以前，一名叛军逃了进来。也许叛军早已翻墙而逃，也许他藏在牛棚里，藏在地窖里，藏在大树上，藏在某扇门的后面，甚至，藏在一片雪花下，一粒尘埃里。兵全神贯注，嘴角抽搐，心脏蹦到喉咙。宅院空无一人，兵的眼睛里，枪口，枪口，枪口……

　　一扇门猛地打开！兵惊骇，鱼跃，翻滚，射击。扣动扳机的瞬间，兵后悔了，他做一个探身的动作，似乎想将射出的子弹塞回枪膛。子弹钻进女孩的额头，女孩灿烂的笑容，甚至来不及完全绽放。

　　女孩只有五六岁。也许，她正在与自己捉迷藏；也许，她在门后面睡过去又醒过来；也许，她将端着步枪的兵当成装扮怪异的圣诞老人。她轻轻倒下，如同一片雪花飘落。

　　兵仰面跌倒，似乎中枪的变成自己。兵全身颤抖，包括眼珠和舌头。恍惚之间，兵认为他杀死的，是他的女儿。

　　女人哭嚎着冲进院子。她跪倒在女孩身边，撕扯着自己的胸口，呼喊着女孩的名字。她转向兵，嘶叫着，为什么要杀死我的女儿？！

我不是故意的！兵手脚并用，后退着，原谅我。

你杀死了我女儿！

原谅我吧！兵挣扎着站起来，给女人跪倒，我愿意付出任何代价。

女人凄厉地叫着，冲过来，抢着兵的耳光。兵站着，不动，任女人长长的指甲将他的脸变成一张带血的蛛网。女人开始撕咬他的胳膊，兵站着，不动，任女人雪白的利齿切开他的血管。女人开始抓他的胸膛，抢他的步枪，歇斯底里。兵惊恐地后退。不要这样，女士。兵护着他的枪，不要这样。

女人的动作越来越大。好几次，兵的枪，几乎从手里脱落。

兵开始挣扎，反抗，抬脚将女人踹开很远。女人爬起来，再一次冲向他。他端起枪，瞄准女人。女人的速度并未减慢，动作并未收敛。终于，兵的枪托，狠狠砸中女人的额头。

女人倒下来，惨叫着，蜷缩着，嘴角翻滚着鲜红的泡沫。

对不起。兵说，我不是有意的，我很害怕，她突然将门推开……

兵掏出所有的钱，兵还为女人留下水壶、干粮、药品、一把锋利的匕首。我得走了，女士，兵痛苦地说，请相信追杀叛军，真的是为解救你们……请相信我开枪，只是本能……请相信我与你一样难过……愿上帝惩罚我的罪过……

每一天，兵都会想起女孩的笑容，女人的哭泣。他不求上帝将他饶恕，他只求惩罚。后来，突然有一天，兵想，也许那个女人，并非女孩的母亲，她那样做，只为得到一笔钱。然而这想法丝毫没有减轻兵的罪恶感，女孩仍然固执地钻进他的每一个梦里，然后，在他的额头上，笑着凿出一个同样的洞。

这就是上帝的惩罚吧？兵大汗淋漓地从梦里醒来，想。

叛军迟迟没有被消灭。甚至，他们招兵买马，战事开始升级。兵随队伍打过来打过去，兵五次经过那个宅院，五次流下眼泪。然后，突然，队伍被困进一个山坳，密集的子弹压得他们抬不起头。

不远处，藏着一个极其隐蔽的地堡，重机枪架在那里。待他们终于发现地堡，队伍已经死伤过半。兵和三个兄弟从旁边绕过去，途中，三个兄弟全被子弹敲碎了脑壳。

兵艰难地向洞口接近，接近，接近，塞一颗手榴弹进去，战斗就结束了。可是兵仍然冲浓烟滚滚的地堡打光所有的子弹才敢钻进去。兵看到一个女人。一个被炸烂的女人。一个零散的女人。兵盯着女人血肉模糊的脸，感觉她，像极了那个女人。

不是她吧？战争中所有死去的女人，全都那般相像。就是她吧？他打死她的女儿，她无论做出什么事情，都不过分。

兵想，他只是误杀，他无罪；她只为报复，她无罪。或者，他杀死无辜的女孩，他有罪；她杀死无辜的战士，她有罪。也或者，战争是政治的延伸，它无罪；战争让仇恨放大，它有罪。更或者，有罪无罪，你我之罪，不在前因和后果，只在如何欺骗自己或者后人罢了。

而现在，兵希望回到一年以前。当那扇门打开，兵只想，送给女孩的不是子弹，而是一份圣诞礼物。

搓澡刘

对搓澡刘早有耳闻，说他技艺高超，能搓出花样，搓成艺术。不信。搓澡无非为去除灰垢，让身体变得更干净一些。澡堂子文化绝不是搓出来的，而是吹出来的。

近几年，似乎什么都在吹。吹来吹去，吹到一定的层次，便没有底气。泡沫而已。

去泡澡，终见到搓澡刘。三十出头，肤色黝黑，瘦小精干，正坐在搓澡床上，唱着周杰伦的《双截棍》。大清早，偌大的澡堂，只有我和他。他"嗨嗨哈嗨"的声音如同真正的棍子在我的耳旁扫过来扫过去，搓澡床上的他坐得笔直，却给人手舞足蹈的感觉。怎么看，他都与澡堂子里的搓澡师傅没有一点关系。

但他的确是大名鼎鼎的搓澡刘。进来时，服务生已经向我隆重介绍过。

他为我搓澡，一言不发。澡巾落上身体，不轻，不重，却也没感觉什么特别。本来嘛，搓澡只为除去灰垢，充其量加上扩张毛孔，再充其量加上去掉死去的皮屑。艺术？瞎扯了不是？

"给你搓个三十八块钱的？"他突然问我。

"十八块钱的。"我急忙回答。

"那就送你个三十八块钱的？"他不屈不挠。

"为什么？"我问。

"闲得难受呗。"他笑，露出两颗虎牙。"敲段快书给你听。"

真正的艺术姗姗来迟。搓完澡，拿水冲干净，擦擦。他开始为我拍背。拍背也是搓澡的一部分，是三十八块钱的一部分，属于收尾和放松阶段。他拍打的力气并不大，却拍出很大的声响。声音清脆干净，由慢至快，由缓到急，有着漂亮的节奏："啪，啪啪，啪啪啪，啪，啪啪，啪啪啪，啪啪啪，啪啪啪，啪啪啪啪啪啪……"果真如同快板。并且，整整五分钟，节奏没有重复。这时候，如果他能配上一段说词，就可以去申请非物质文化遗产了。说给他听，他说，那肯定。

我只是开玩笑，他却表情认真。看来他真的将自己的搓澡技术，当成了艺术。

都说，到了澡堂子，人脱得精光，就平等了。其实不是那么回事。见我夸他，他的话多起来："即使到了这里，人也是有高低贵贱之分的。你信不信，我只需瞅一眼，就能大概猜出他们的职业。是工人？白领？商人？学生？领导？当兵的？比如你，细皮嫩肉，戴个眼镜，手指细长，指尖上有茧子，应该是个搞艺术的。"

我笑："可是这跟高低贵贱有什么关系？"

"当然有关系。"他说，"只花十八块钱，就是普通的搓灰去垢；舍得花三十八块钱，就能享受到我的快板书。相差的这二十块钱，就是区别。所以说，享受艺术也得有钱，是吧？没钱怎么享受艺术？哪怕是搓澡艺术。"

他的话，似乎有点意思，还比较尖锐。

问他："天天闷在男澡堂子给一群臭男人搓澡，不烦？"

他笑："我倒是想跑女澡堂子里搓澡，人家让吗？"

"问题是，就算你不烦，你家人也不烦？"我问他，"比如，你爱人。"

"开始还真有点不愿意，特别是谈恋爱那会儿，总嫌我脏。后来给她说，我的职业多高尚啊！让肮脏的身体变得洁净，让龌龊的想法留在澡堂子里……其实我夸张了，我的能耐只是让身体变干净，灵魂上的事情，不归我管……我还说，在澡堂子里上班，一天可以免费洗七八次澡，你说，我到底是干净还是脏？"

"就凭你这两句老掉牙的话，她就不嫌了？"

"当然不是。"说到这里他笑了，冲我意味深长地挤挤眼睛，"后来有一次，我给她搓了一次澡。"

"那现在呢？"

"她很喜欢我的工作。"

"这可不一定。"我说，"不嫌弃与很喜欢，完全是两个概念。"

"是喜欢。"他说，"现在她就在隔壁的女澡堂子给人搓澡呢。"

又与他聊了些别的，知道他是安徽人，今年三十三岁，干搓澡这一行当，却有十五年了。中间也曾试着做了点别的，也赚了一点钱，他说，可是后来发现，干什么也不如搓澡快乐。

"以后不打算开个浴池，自己当老板？"我问他。

"我赚那点钱，就是自己开浴池赚的。"他说，"可是当老板，真是没劲透了。"

搓完澡，看了看我的手牌，又坐上搓澡床，继续唱他的《双截棍》去了。结账的时候，果然，我享受了三十八块钱的服务，却只花掉十八块钱。

出门，见大街上或行色匆匆或无所事事的男人们。心想，也许总有一天，他们会落到这个外号"搓澡刘"的师傅手里，一边享受着他的"搓澡快板"，一边将身体变得洁净无比，然后，穿上衣服，重新回到他们或洁净或肮脏的生活之中。

闭眼，睁眼

周局长两大嗜好：工作，收藏。工作也算嗜好？对周局长来说，算。自当上地税局局长，他就成了工作狂。应该他做的事，他做；不该他做的事，他也做。哪些事不该他做？比如扫地抹桌子，比如整理文件。

除了工作，周局长的业余时间几乎全被收藏占用。他喜欢邮票、钱币、明信片……书房里，卧室里，堆得到处都是。周局长藏品虽多，却不值钱。购买藏品的钱都是他从零花钱里抠出来的，局长夫人对他看得很紧。

当领导的，最怕有嗜好。一旦有了嗜好并且痴迷，就会让一些人有空子可钻。现在，想钻周局长空子的，是孙厂长。

孙厂长与周局长不仅是大学同窗，而且是多年的哥们儿。当周局长还是地税局一个普通办事员的时候，孙厂长已经将收藏玩得风生水起；而当周局长迷上收藏，孙厂长却果断地抛出他的藏品，并用赚下的钱办起一个塑料加工厂。最初工厂效益很好，可是近几年，工厂开始不景气。于是孙厂长打起周局长的主意——工厂需要精打细算，能省一点是一点，他将这句话对周局长反复地说，周局长就明白他的意思了。

然而周局长假装不懂，照样公事公办。孙厂长知道，也许，他该对周局长抛出那个诱饵了。

　　是一张第二套人民币的"绿三"，价值约五万块钱。孙厂长转行办厂的时候，留下一些藏品中的精品，其中就有这张"绿三"。他知道周局长对"绿三"早已垂涎三尺，几年以前，就试图将它从自己手里买走。无奈他开出的价钱太高，于是"绿三"一直留到现在。

　　孙厂长去找周局长，寒暄过后，说要送他一张收藏精品。周局长见到那张"绿三"，眼珠子都蓝了。"送给我？"他接过"绿三"，翻来覆去地看，"这么大方？"

　　"宝剑送英雄。"孙厂长对周局长说，"反正现在我也不收藏了。"

　　"不对吧？"周局长盯住孙厂长，"有事求我？"

　　"你多虑了。"孙厂长说，"没什么事的话，我先告辞。"

　　周局长笑了。"是为工厂的事吧？"他将"绿三"递还给孙厂长，"我绝不会收下它的。我清廉了这么多年很不容易，如果你还当我是哥们儿，就别让我晚节不保。"

　　"绿三"没有送成，孙厂长只好另寻办法。办法其实很简单：得让周局长有"捡"的感觉，而非"收"的感觉。

　　一字之差，却绝对是天壤之别。

　　周末时候，周局长喜欢去古玩市场逛逛。那天他照例来到古玩市场，在经常光顾的摊位，他看到一张品相极佳的"绿三"。拿起来看，周局长笑了。

　　"多少钱？"他问。

　　"五百。"摊主说。

　　"知不知道你卖漏了？"周局长说，"这是'绿三'，不是'黄一'。"

　　"来得便宜，卖得就便宜。"摊主说，"你一定要多给钱的话，我也不反对。"

周局长又把这张钱仔细地看了一遍，没错，的确是孙厂长的"绿三"。很显然孙厂长知道他周末必来这个小摊，便与摊主谈妥，等周局长来了，让他出个象征性的价格，拿走这张"绿三"。

周局长不由得暗中佩服孙厂长的心机。

放下"绿三"，周局长逃出古玩市场。他走出两条街，试图忘掉"绿三"，可是"绿三"仿佛一块巨大的磁铁，硬生生将他拽回。当他再一次蹲在那个摊位前，他咬咬牙，想：睁只眼闭只眼算了！反正他既没有看见孙厂长将"绿三"交给摊主，也没有听孙厂长对摊主说了些什么，更没有听摊主说起这张"绿三"的主人。也许"绿三"真是孙厂长酒后以"白菜价"卖给了摊主，也说不准。

尽管连他自己都不相信。

那夜，周局长没有睡好。

大功告成，孙厂长以为这张"绿三"会在周局长那里藏一辈子，不料第二天晚上，周局长便拿着"绿三"，敲开了他家的门。

"你的'绿三'吧？"周局长说，"物归原主。"

"它不再属于我了，"孙厂长说，"前天我把它卖掉了。"

"我懂你的意思，"周局长说，"可是我不能……"

"你不是从我手里买的。"

"这我知道。"

"那就不应该还给我。"

"必须还给你。"周局长说，"尽管我没看到你把它交给摊主，但是我能猜到。其实你深知我能猜到——假如我猜不到的话，你的'绿三'就白送了。"

孙厂长表情尴尬，低头不语。

"说实话，就在昨天，我还想睁只眼闭只眼，收下这张'绿三'。可是今天，我知道，我不能。想知道是谁让我悬崖勒马吗？"

提高现代文阅读和写作成绩的金钥匙

周海亮作品
阅读试题详析详解

一封信

牛筋老汉对春草说，妮，我说，你写。写得漂亮些。

大虎，你这一走，两年多没有回来。好几次想写封信给你，但是春草不在。春草不在，村里就没有识字的人了。秀兰、羊娃、小崽、天来、秋菊、高粱他们都打工去了。你二叔、三叔、田哥、强子也都打工去了。大虎，村子里只剩下了老头老太太，（1）<u>村子里快没人啦……大虎，听爹一句话，如果城里不好混，你就回来</u>。我和你娘侍弄二十多亩地，老胳膊老腿的，老是顾不过来。你娘身体还不好，这几年，风湿病好像严重了。去年我和你娘又承包了十二亩果园，新栽的果树，疯长。明年就能挂果，如果年头好，应该能赚不少……大虎，本来我和你娘希望你能留在城里，可是前年你过年回来，垂头丧气的，脸色蜡黄，就知道你在城里没少受罪。大虎，你到底图城里什么呢？咱村里人到底图城里什么呢？住得不如咱农村的狗窝，吃得不如咱农村的狗食，又像狗一样遭城里人的白眼，图什么呢？咱农村虽然穷，但总还能吃得饱饭，穿得暖衣，再肯出把力气的话，很快就能在村里起五间大瓦房……大虎，留在村里的人越来越少，咱村都快成空村啦。地没有人种，房子没有人住，满山的野菜和蘑菇没人采，看着心痛啊！……大虎，你也不小了，不能再耽误了。如果你回来，老老实实守着家，守着我和你妈，娶个老婆，生个娃，安安稳稳过日子，不挺好？春草娘前几天给春草介绍了一个小伙子，米家屯的，人长得虽然一般，可是有力气，能干活，家里五间大瓦房，早起了。你说，如果你回来，咱也起五间大瓦房，谁还敢小看咱？……大虎，爹的话，你考虑考虑，如果想回来，就提前回个信……大虎，信是我让春草写的，她向我保证，我怎么说，她怎么写，一个字都不会差……大虎，要麦收了，一天比一天热，你在外面别太累，多喝水……大虎，我和你娘都挺想你……

春草对牛筋老汉说，伯，我在写呢。你怎么说，我怎么写。

大虎，你这一走，两年多没有回来。好几次想写封信给你，可是你爹不告诉我地址。干你们那一行，风吹日晒，工作地点隔几个月一变，想给你写封信也那么难。你走以后，秀兰、羊娃、小崽、天来、秋菊、高粱他们都打工去了。大虎，村子里只剩下老头老太太，（2）<u>村子里快没人啦……大虎，我不想待在村子里，我也想跟你去打工。</u>前几年，我爹身体不好，我得伺候他，走不开。去年，爹走了。爹走了，娘开始给我张罗对象。娘看上一个小伙子，米家屯的，人长得又矮又丑。不过他有力气，能干活，家里起了五间大瓦房。娘就是看上了大瓦房，才让别人给我张罗的。可是大虎，大瓦房有什么稀罕？我不喜欢他，更不想嫁给他……大虎，我知道你在城里没少受罪，可是没关系，你带上我，我可以帮你。帮你做饭，洗衣服，咱两个人，生活肯定会好得多。大虎，能和你在一起，哪怕住比狗窝还差的房子，吃比狗食还差的饭，哪怕遭城里人再多白眼，我也愿意……大虎，我一天都不想在农村待了。每天一睁眼，干不完的农活。喂猪，放羊，拔草，浇水，打柴……大虎，城里多好啊！马路那么宽，楼房那么高，街道那么干净，就算到了晚上，外面也那么亮堂。汽车喷出的烟，真香……大虎，你爹不让我知道你的地址，信写完了，他用糨糊封好，去邮局，让邮局里的人替他写信封。你爹不想让我缠着你，你爹一心一意想让你回来。可是大虎，听我的，千万别回来，否则，一辈子困在穷山沟，咱俩都完了。大虎，你两年多不回来，肯定在城里过得不如意，没关系，咱俩还年轻，我不怕吃苦……大虎，如果你还在乎我，就给我回封信，告知你的地址，我去找你。我一个人去找你，谁也不告诉……大虎，信是你爹让我写给你的，我向他保证，他怎么说，我怎么写，一个字都不会差。我骗了他，我没有办法……大虎，要麦收了，一天比一天热，你在外面别太累，多喝水……大虎，你爹你娘都挺想你，我更想你……大虎，我喜欢你……

1. 小说叙述了春草替牛筋老汉给儿子大虎写信一事，老汉想给儿子写什么？而春草实际上又写了什么？请分别简要概述。

2. 联系上下文，细读文中两处画线句，揣摩牛筋老汉与春草的心理。

（1）_____

（2）_____

3．牛筋老汉说，"本来我和你娘希望你能留在城里……"，那为什么又竭力要求儿子回来？请结合文章内容进行分析。

4．一封信，两种想法，构思巧妙。请结合全文谈谈你对本文这一特点的理解。

参考答案：

1．（1）牛筋老汉希望孩子放弃打工，觉得回村劳动照样能过好日子。（2）春草希望大虎能长久留在城里，自己也追随他去。

2．【示例】（1）这句话表达了老汉面对因为后辈外出打工，而田园荒芜现状的一种痛心与无奈和希望儿子赶快回来改变现状的期盼。（2）这句话表达了春草因为所有的年轻人都去城市寻找新生活而农村变得荒芜，而产生的逃离农村的急切心理和对城市的向往之情。

3．【示例】（1）心疼儿子，担心儿子在城里受苦受罪，而在乡下总能吃得饱，穿得暖，住得舒服，在农村可以活得更有尊严。（2）舍不得村子成了空村，田地无人耕种，饱含着一位老农对乡村、土地的眷恋。

4．分层赋分：

（1）仅围绕牛筋老汉和春草的不同想法来答。

【示例】文章运用对比手法写出了春草希望跟着大虎到城市生活，而牛筋老汉希望儿子回到农村。

（2）能围绕牛筋老汉和春草所代表的两代人的不同观点来答。

【示例】文章运用对比手法（小中见大）写出了春草和老汉对农村和城市生活截然不同的看法，以牛筋老汉为代表的老一代，安于农村生活；而以春草为代表的新一辈，渴望离开农村，向往城市生活。

（3）能围绕牛筋老汉和春草所代表的两代人的不同观点以及对目前农村问题的思考来答。

【示例】一封信，两种想法，运用对比的手法（以小见大），展现了两代农村人不同的价值观（冲突）：以牛筋老汉为代表的老一代，希望安安稳稳过日子，相信在农村也能勤劳致富；而以春草为代表的新一辈，渴望离开农村，向往城市生活。两种价值观的碰撞，引发读者思考：新一代农民是应该在城市打拼来改变命运，还是立足农村，利用好现有的资源，改变农村贫穷落后的面貌？

一朵一朵的阳光

七月的阳光直直地烘烤着男人的头颅，男人如同穿在铁签子上的垂死的蚂蚱。他穿过一条狭窄的土路，土路的尽头，趴着一栋石头和茅草垒成的小屋。男人在小屋前站定，擦一把汗，喘一口气，轻轻叩响铁锈斑斑的门环。少顷，伴随着沉重的嘎吱声，一个光光的暗青色脑壳出现在他的面前。

你找谁？男孩儿扶着斑驳的木门，打量着他。

我经过这里，迷路了。男人专注地看着男孩儿，能不能给我一碗水？他目送着男孩儿进屋。然后在门前的树墩坐下。

男孩儿端来了水。男人把一碗水一饮而尽。那是井水，清冽、甘甜，喝下去，酷热顿无。男人满足地抹抹嘴，问男孩儿，只有你一个人吗？你娘呢？

她下地了。男孩儿说，她扛了锄头，那锄头比她还高；她说阳光很毒，正好可以晒死刚刚锄下来的杂草；她得走上半个小时才能到地头，她带了满满一壶水；她天黑才能回来，回来的路上她会打满一筐猪草；她回来后还得做饭，她坐在很高的凳子上往锅里贴玉米饼，她说她太累了，站不住；吃完饭她还得喂猪，或者去园子里浇菜。除了睡觉，她一点儿空闲都没有。我想帮她做饭，可是我不会，我只能帮她烧火。今天我生病了，我没陪她下地。

你生病了吗？男人关切地问他。

早晨拉肚子。不过现在好了。男孩儿眨眨眼睛说。

你今年多大？男人问他，七岁？

你怎么知道我七岁了？男孩儿盯着男人。

男人探了探身子，他想摸摸男孩儿青色的脑壳。男孩儿机警地跳开，说，我不认识你。

你们怎么不住在村子里了？男人尴尬地笑，收回手。

本来是住在村子里的，后来我爹跑了，我们就搬到山上来。娘说她在村子里抬不起头，所有人都在背后指指点点。我爹和别人打架，把人打残他跑了。娘说他的罪，顶多够判三年，如果他敢承担，现在早就出来了。可是他跑了。他怕坐牢。他不要娘了，不要我了——

男孩儿又给男人一碗水，男人再次喝得精光。燥热顿消，久违的舒适从牙齿直贯脚底。男人将空碗放在树墩上，问男孩儿，你和你娘，打算就这样过下去吗？

男孩儿仰起脑袋，娘说，在这里等爹。

可是他逃走了。他怕坐牢，逃走了你们还能等到他吗？

不知道。男孩儿说，我和我娘都不知道。可是娘说我们在这里等着，就有希望。如果他真的回来，如果他回来以后连家都没有了，他肯定会继续逃亡。那么，这一辈子，每一天，他都会胆战心惊。

就是说你和你娘仍然在乎他？

是的。他现在不是我爹，不是娘的男人。男孩儿认真地说，可是如果他回来，我想我和我娘，都会原谅他的。

男人叹一口气，站起来，似乎要继续赶路。突然他顿住脚步，问男孩儿，你们为什么要砍掉门前这些树？

因为树挡住了房子。男孩儿说，娘说万一哪一天，爹知道我们住在这里，突然找回来，站在山腰，却看不到房子，那他心里，会有多失望啊！他会转身就走，再也不会回来吧？娘砍掉这些树，用了整整一个春天。

男人沉默良久。太阳静静地喷射着火焰，世间的一切仿佛被烤成了灰烬。似乎，有生以来，男人还是头一次如此畅快地接受这样炙热的阳光。

他低下头，问男孩儿，我能再喝一碗水吗？

这一次，他随男孩儿进到屋里。他站在角落里，看阳光透过窗棂爬上灶台。

看到了吗？男孩儿说，灶台上，有一朵阳光。

一朵？

是的，娘这么说的。娘说阳光都是一朵一朵的，聚到一起，抱成团儿，就连成了片，就有了春天。分开，又变成一朵一朵，就有了冬天。一朵一朵的阳光聚聚合合，就像世上的人们，就像家。男孩儿把盛满水的碗递给男人，娘还说，爬上灶台的这朵阳光，某一天，也会照着爹的脸呢。

男人喝光第三碗水。他蹲下来，细细打量男孩儿的脸。男人终于流下一滴泪，为男孩儿，为男孩儿的母亲，也为自己。他从怀里掏出一张照片，哽咽着，塞给男孩儿。他说，从此以后，你和你娘，再也不用担惊受怕了。可是你们，至少还得等我三年。

照片上，有年轻的男人、年轻的女人，以及年幼的男孩儿。

男人走出屋子，走进阳光之中。一朵一朵的阳光，抱成了团，连成了片，让男人无处可逃……

1．下列对这篇小说有关内容的分析和概括，最恰当的是（　　）（多选）

A．小说综合运用了外貌描写、神态描写、动作描写、语言描写、心理描写、细节描写等多种手法，塑造了一个被亲情感动而幡然醒悟的男子形象。

B．"爬上灶台的这朵阳光，某一天，也会照着爹的脸呢。"这句话表达了一种思念，也传递了一种信念，娘相信丈夫终有一天会堂堂正正地回家。

C．小说情节曲折动人，人物形象丰满感人，语言清新朴实又富有诗情画意，情感自然流露而又深沉蕴藉，结局具有含泪地微笑式的艺术魅力。

D．小说中的三碗水有深刻的象征意义，清冽、甘甜的井水象征着亲情的滋润，一次次带给男子身心的舒适，消除他心内的烦躁、恐惧与孤独。

E．小说的人物对话非常重要，男人与男孩儿的对话将一个女人的辛苦人生和美好心灵展现出来，而环境描写的前后照应也深化了小说的主题。

2．小说题目"一朵一朵的阳光"有什么含义？

3．小说在结尾才暗示男人就是男孩儿的父亲，请找出前文相关伏笔。

4．小说的主人公是男人，还是未曾露面的娘？谈谈你的看法。

参考答案：

1．BDE

2．一朵一朵的阳光表面上是指在男孩儿和他娘眼中阳光是一朵一朵的，实际上一朵阳光象征着一位家庭成员，只有每一位家庭成员因亲情而聚集在一起，才能组成一个美满的家庭。

3．（1）对于初见的男孩儿，男人专注地看着；（2）询问男孩儿是否一人在家时，直接问"你娘呢"；（3）一听男孩儿说自己生病了，就关切询问；（4）问男孩儿年龄时，脱口而出"七岁了吗"；（5）知道他们原来住村里，所以自然问出"你们怎么不住在村子里了"。

4．参考1：小说的主人公是男人。小说的情节围绕男人的三次喝水而展开，刻画了男人由寻亲到知亲再到认亲这一心路历程，在男人的幡然醒悟中结局。小说的环境描写主要为塑造男人的形象而服务，文中多次描写阳光，前几次是以炙热阳光的烘烤来衬托逃跑在外的男人不见天日的艰难生活，结尾处则是为了表现男人领悟亲情，决定自首后心灵的坦荡。小说的主题是表现亲情的温暖、爱的力量，而男人的经历和情感的变化最能体现这一主题。

参考2：小说的主人公是未曾露面的娘。小说中娘虽然一直没有出现，人物形象却在男孩儿和男人的对话中表现得十分鲜明，她是一个吃苦耐劳、独立坚强、善良宽容、重视亲情、心中有爱的美好女子。小说的标题一朵一朵的阳光就是娘对亲情最朴实而美好的解释，表现了娘如阳光、如花儿的美好心灵。小说的主题是表现亲情的温暖和爱的力量，正是娘对丈夫错误行为的原谅，对亲情永不放弃的执着，对家庭无怨无悔的付出，才唤醒了一颗怯懦的心，慰藉了一个流浪的灵魂。娘是真、善、美的集中表现。

给您换一碗

每个黄昏，年轻人都要过来吃碗拉面。面馆很小，板房改造而成，半露天。正是夏天，苍蝇成群。年轻人在一个建筑工地干活，这是离他最近的面馆。

年轻人喜欢吃面。不仅因为便宜，还因为面的味道好。

工地没有食堂，早晨和中午，年轻人在附近商店买两个馒头和一包咸菜，加上一碗水，就能将两顿饭对付过去。可是晚饭，年轻人一定要吃一碗面。面虽然简单，但里面有油，有盐，有酱油，有醋，有几片牛肉和几点葱花。正是长身体的时候，年轻人需要这些东西。

一碗面当然不能让年轻人吃饱。所以，回去时，年轻人仍然会拐到商店里，买个馒头，买包咸菜。年轻人坐在工棚里默默地吃，想着远方的母亲和父亲、弟弟和妹妹，一碗水喝得咚咚有声。年轻人幸福并且忧伤。

面馆虽然很小，很脏，但那个秃头老板能把面做出非常棒的味道。年轻人认为他最大的幸福，就是坐在面馆的长凳上，冲秃头老板喊，来一碗面！多放点葱花……那天年轻人发现碗里有一只苍蝇。他吃下一口面，辣得龇牙咧嘴，低头，便看到苍蝇。年轻人唤来秃头老板，老板一个劲地给年轻人道歉。真的很对不起，老板说，这里马上就要拆迁，不值得再装修，所以苍蝇多。年轻人摆摆手，表示没关系。老板笑笑，说，那给您换一碗。他端走年轻人只吃掉一口的面，然后给年轻人重新端上一碗。年轻人吃着面，突然感到有些可惜。那碗面里不过有一只苍蝇；那碗面他不过吃掉一口；那碗面里甚至还有两片薄薄的牛肉。年轻人想，假如他能将那碗面吃掉大半甚至吃到只剩下汤水，再喊来老板，将会是不错的结果。年轻人坐在工棚里啃着馒头，仍然想着这件事情，他觉得那碗面，真是太可惜了。

假如再碰到这种情况，他一定会晚些喊来老板。年轻人想，花一碗面的钱吃掉两碗面，应该是件很合算的事情。

可是这样的事情毕竟很少。老板、食客，谁都不希望碰到这样的事情——除了年轻人。

终于，三个月以后，年轻人的碗里，再一次出现一只苍蝇。

已是深秋，苍蝇已经极少。可能正因为此，老板放松了警惕。年轻人吃下一口面，抹抹脸上的汗。这时，他发现，他的碗里，有一只苍蝇。

年轻人愣了愣，抬头看看忙碌的老板，又低了头，用筷子小心地将苍蝇拨到碗沿，然后，不动声色地继续吃了起来。

面的味道真的很棒。一只苍蝇并不能破坏年轻人的胃口。

可是年轻人不能将面吃光——他得做出突然发现苍蝇的样子——他得做出发现苍蝇便扔掉筷子的样子。年轻人大声喊，老板！秃头老板慌慌张张地跑过来。年轻人扔了筷子，说，你怎么回事？面里有一只苍蝇！

苍蝇？

你看看。年轻人说。

年轻人拾起筷子，拨动着剩下的几根面条。他没有发现苍蝇。年轻人继续拨动面条，没有苍蝇。年轻人找来一只空碗，将碗里的汤一点一点澄出去。苍蝇仍然没有出现。很多食客盯住他看，表情复杂。年轻人只觉一股血冲上脑门。

他难受。他想哭。不是因为他不小心吃掉了那只苍蝇，而是因为，或许，这些人——食客，甚至老板，都看清了他的伎俩。

苍蝇呢？老板问他。

刚才……还在……现在……找不到了……我也不知道……

真有苍蝇？老板目光如炬。似乎他的目光能够将年轻人穿透，似乎他知晓年轻人脑子里的所有秘密。

真……有。

<u>老板轻轻叹一口气。老板冲周围的食客笑笑，以示歉意。</u>然后，老板端起碗，对年轻人说，对不起，我这就给您换一碗。

年轻人愣了愣，终伏上桌面，哭出声来。

1. 小说的第一段属于什么描写？有什么作用？

2. 针对文中的画线句，谈谈你的理解。

3. 小说结尾，年轻人为什么会伏在桌面上，哭出声来？

4. 读完这篇小说，谈谈你有什么感悟？

参考答案：

1. 环境描写，交代故事发生的时间和环境，为下文情节的发展做铺垫。

2．面馆老板轻轻地叹了一口气，表现出对年轻人这种做法的深深遗憾；同时向周围的食客表示歉意，答应为年轻人换一碗面，是对年轻人所处尴尬局面的解围，表现出老板对年轻人自尊的善意保护。

3．落泪既是年轻人对面馆老板对自己自尊善意保护的感谢，也是对自己做法的深深懊悔。

4．围绕文章主题，言之成理均可。

剃　头

春节前，下了大雪。我和满仓缩在屋角，有一搭没一搭地闲聊。

我说，满仓回家过年吗？满仓抱一本没头没尾的书边看边说，国外有个人，竟拿菜刀给自己做了阑尾炎手术。我说，满仓，我问你过年回不回家？满仓说，这家伙还没打麻药，只是嘴里咬一根雪茄。我说，满仓！满仓抬起头。额前的抬头纹张牙舞爪。我说，你过年回不回家？满仓好奇地盯着我，回家？这模样能回家？我说，这模样怎么不能回家？

那天正好是年三十，我说，满仓咱俩还出去吗？满仓说，不出去了。我说，明天呢？满仓想了想，他说，明天再说。

我们掏出所有的钱，满仓算了算，说，有酒有肉，挺丰富。我揣着钱往外走，却被满仓喊住。他说你买了酒菜早点回来，给我剃个头。我说，这是理发店的事吧？满仓说，我还有钱去理发店吗？我说，可是我不会剃啊，在农村我连羊毛都没剪过。满仓说，很简单，横平竖直就行了。我说，我怕手一哆嗦，连你的脑袋都剃下来。满仓说，你可真啰唆。快去快回，给我剃头！

我没有快去快回。我把钱分成三份。一份买了几瓶白酒，一份买了一些下酒菜，一份买了半只烧鸡。回去的时候，天已擦黑，街上响起稀稀落落的鞭炮声。我提着两个方便袋，推开门，就看到一只怪物。

怪物长着满仓的样子，脑袋像一个足球，像一只绿毛龟，像一堆牛粪团，像被剥皮的土豆，像被摔烂的茄子或冬瓜。怪物手持一把锈迹斑斑的剪刀，剪刀上至少粘了两处头皮。

屋子里只挂了一只十五瓦的灯泡。仅靠这点微弱的光芒，我想即使削不掉他的脑袋，至少也能削下他半斤瘦肉。

满仓一手操剪刀，一手举一块碎玻璃，仔细并笨拙地给自己剃头。那块被当成镜子的玻璃片好像毫无用处，因为他不断把剪刀捅上自己的头皮。他剪几剪子，转头问我，怎么样？我说，左边长了。他就剪左边，龇牙咧嘴，痛苦不堪。过一会儿，再问我，这回怎么样？我说，好像右边又长了。他就再剪右边，咬牙切齿，碎发纷飞。我说别剪了满仓，你快成葫芦瓢了。满仓顽固地说，必须剪完！

很晚了，我和满仓才开始吃年夜饭。我们开着那台捡来的黑白电视机，可是屏幕上雪花飞舞，根本看不清任何影像。满仓骂一声娘。他的脑袋不停地晃。那上面，伤痕累累。

酒喝到兴头上，满仓非要和我划拳。他总是输，就不停地喝。后来他喝高了，偶尔赢一把，也喝。满仓低着头，一边展示他的劳动成果一边说，你说我和那个割自己阑尾的巴西人，谁厉害？

我站起来，握起拳头猛砸那台可恶的黑白电视机。我说，你厉害，因为你还得考虑美观。可是我搞不懂，你为什么非要在今天剃头呢？满仓听了我的话，抬头看我。那时电视机正好显出影像，我看到赵忠祥手持麦克风恋恋不舍地说，明年除夕，我们再见。

满仓向赵忠祥挥挥手。他低着声音说，记得小时候，家里穷，过年时，没好吃的，也没好穿的，爹领我去剃个头，就算过年了。说话时，38岁的满仓就坐在我对面，可是他的声音似乎飘到很远。飘到很远的声音遇到腾空而起的烟花，被炸得粉碎。（有删改）

1．文中画线的句子运用了哪两种修辞手法，试分析其含义。
2．小说在文末写到了"看电视"，有哪些作用？
3．如何理解满仓的"剃头"行为？
4．小说的主要人物是满仓，请结合全文探究故事中"我"这个人物的作用。

参考答案：
1．此段内容运用了比喻和排比的修辞手法，描写了满仓自我剃发后外形的丑，表达了作者对生活在城市底层的农民工艰辛生活和处境的同情。

2．（1）破旧黑白电视暗示了打工者贫穷的现状，使自己给自己"剃头"的行为显得更合情合理。（2）除夕本应有的团聚和热闹与现实中农民工经济窘迫身在异乡的冷清场景形成鲜明的对比，表达了作者对底层农民工的同情。（3）从电视看不清任何影像到显出影像，再到向赵忠祥挥挥手，推动了情节的发展。（4）通过看电视这一情节，表现了人物不满、无奈和渴盼与亲人团聚的心情，使人物性格更丰满、个性更鲜明。

3.（1）过年了，要剃头，展现了满仓家乡的风俗。（2）剃头，表达了满仓的思乡思亲的情怀。（3）因为没钱，自己剃头，反映了生活在城市底层的农民工的生活艰辛和无奈。

4.（1）"我"见证了满仓剃头行为的缘起与经过，这使得故事中的人和事更具真实感。（2）写"我"，更能表现农民工这一群体的生活状态和思想情感。（3）借助"我"和满仓的对话，突出了文章的主旨：揭示生活在底层的农民工的辛酸、不满和无奈，呼唤我们关注农民工的生活。

那夜，那对盲人夫妻

① 我永远记得那个夜晚。悲怆的声音一点点变得平和，变得快乐。因为一声稚嫩的喝彩。

② 那是乡下的冬天，乡下的冬天远比城市的冬天漫长。常有盲人来到村子，为村人唱戏。他们多为夫妻，两人一组，带着胡琴和另外一些简单的乐器。大多时候村里会包场，三五块钱，会让他们唱到很晚。在娱乐极度匮乏的年代，那是村人难得的节日。

③ 让我感兴趣的并不是那些粗糙的表演，而是他们走路时的样子。年幼的我常常从他们笨拙的行走姿势中找到属于自己的卑劣的快乐。那是怎样一种可笑的姿势啊！男人将演奏用的胡琴横过来，握住前端，走在前面。女人握着胡琴的后端，小心翼翼

地跟着自己的男人，任凭男人胡乱地带路。他们走在狭窄的村路上，深一脚浅一脚，面前永远是无边的黑夜。雨后，路上遍散着大大小小的水洼，男人走进去，停下，说，水。女人就笑了。不说话，却把胡琴攥得更紧。然后换一个方向，继续走。换不换都一样，到处都是水洼。在初冬，男人的脚，总是湿的。

④ 那对夫妻在村里演了两场，用了极业余的嗓音。地点在村委大院，两张椅子就是他们的舞台。村人或坐或站，聊着天，抽着烟，跺着脚，打着呵欠，一晚上就过去了。没有几个人认真听戏。村人需要的只是听戏的气氛，而不是戏的本身。

⑤ 要演最后一场时，变了天。严寒在那一夜突然蹿进我们的村子。那夜滴水成冰，风像刀子，直接刺进骨头。来看戏的人，寥寥无几。村长说要不明天再演吧？男人说明天还得去别的村。村长说要不这场就取消吧？男人说说好三场的。村长说就算取消了，钱也是你们的，不会要回来。男人说没有这样的道理。村长撇撇嘴，不说话了。夫妻俩在大院里摆上椅子，坐定，拉起胡琴，唱了起来。他们的声音在寒风中颤抖。

⑥ 加上我，总共才三四名观众。我对戏没有丝毫兴趣，我只想看他们离开时，会不会被结冰的水洼滑倒。天越来越冷，村长终于熬不住了。他关掉村委大院的电灯，悄悄离开。那时整个大院除了我，只剩下一对一边瑟瑟发抖，一边唱戏的盲人夫妻。

⑦ 我离他们很近。月光下他们的表情一点一点变得悲伤。然后，连那声音都悲伤起来。也许他们并不知道那唯一的一盏灯已经熄灭，可是他们肯定能够感觉出面前的观众正在减少。甚至，他们会不会怀疑整个大院除了他们，已经空无一人了呢？也许会吧，因为我一直默默地站着，没有弄出任何一点声音。

⑧ 我在等待演出结束。可是他们的演出远比想象中漫长。每唱完一曲，女人就会站起来，报下一个曲目，鞠一躬，然后坐下，接着唱。男人的胡琴响起，女人投入地变幻着戏里人物的表情。可是她所有的表情都掺进一种悲怆的调子。

⑨ 我跑回了家。我想即使我吃掉两个红薯再回来，他们也不会唱完。我果真在家里吃掉两个红薯，又烤了一会儿炉子，然后再一次回到村委大院。果然，他们还在唱。女人刚刚报完最后一首曲目，刚刚向并不存在的观众深鞠一躬。可是我发现，这时的男人，已经泪流满面。

⑩ 突然我叫了一声好。我的叫好并不是喝彩，那完全是无知孩童顽劣的游戏。我把手里的板凳在冻硬的地上磕出清脆的响声。我努力制造着噪音，只为他们能够早些离开，然后，为我表演那种可笑和笨拙的走路姿势。

⑪ 两个人同时愣了愣。好像他们不相信仍然有人在听他们唱戏。男人飞快地擦去了眼泪，然后，他们的表情同时变得舒展。我不懂戏，可是我能觉察他们悲怆的声音正慢慢变得平和，变得快乐。无疑，他们的快乐，来自我不断制造出来的噪音，来自我那声顽劣的喝彩，以及我这个唯一的观众。

⑫ 他们终于离开，带着少得可怜的行李。一把胡琴横过来，男人握着前端，走在前面，女人握着后端，小心翼翼地跟着，任凭男人胡乱地带路。他们走得很稳。男人停下来，说，冰。女人就笑了。她不说话，却把胡琴攥得更紧。

⑬ 多年后我常常回想起那个夜晚。我不知道那夜，那对盲人夫妻，都想了些什么。只希望，我那声稚嫩的喝彩，能够让他们在永远的黑暗中，感受到一丝阳光。

⑭尽管，我承认，那并非我的初衷。

1．第③段加点的词"小心翼翼"与"任凭"似相矛盾，对此做简析。

2．下列对第⑤段分析不正确的一项是（　　）

A．描写天气突变，为下文的叙述做铺垫。

B．用村长与男人的对话来揭示人物品性。

C．男人的话与下文的演出，言行相印证。

D．天气寒冷听众很少，成为故事的转折。

3．从人物描写的角度赏析第⑧段画线句。

4．简析第⑪段中"顽劣的喝彩"与第⑬段中"稚嫩的喝彩"的不同之处。

5．联系全文，赏析文中"我"这一形象。

参考答案：

1．"小心翼翼"刻画出女人因盲走路谨慎的样子，"任凭"则表现了她对丈夫的信任与依赖。

2．D

3．以唱、报、鞠躬、唱等一系列动词呈现女人机械而看似重复的演唱过程，再现了她演出的一丝不苟。

4．"顽劣"是从"我"当时主观的恶作剧而言的，而"稚嫩"主要从设想中的盲人夫妻的感觉而言的。

5．"我"既是故事的观察者又是参与者，盲人夫妻淳厚的形象是在"我"这顽童的独特视角中展现出来的。"我"出自恶作剧的喝彩却鼓舞了盲人夫妻，转而促使"我"的成长，彼此辉映，彰显出要学会尊重人、理解人、肯定人的文章主旨。

一条鱼的狂奔

① 他的手里提一个沉甸甸的冲击钻，腰间别一个丑陋并陈旧的卷尺。不远处的长椅上，坐着几个等车的人。那里还有一个空位。他需要一个位子，可是他不敢走过去。

② 他已经累了一天。他把自己悬挂在接近竣工的楼房外墙，用极度别扭的姿势把坚硬的混凝土外壳钻出一个个大小不一的圆孔。这是他在城市里糊口的唯一本钱和留下来的全部希望。有时他感觉自己就像一条鱼，一条离开了河川，在陆地上奔跑的鱼。他必须不停地狂奔，用汗水濡染身体。他不敢停下来，太阳会把他烤干。

③ 已经疲惫到极点，他的两腿仿佛就要支撑不住他瘦小的身体。他不断变换着站立的姿势，使自己舒服或者看起来舒服一些。没有用，腿上的每一丝肌肉都在急速地蹦跳和抽搐。这些微小的抽搐几乎要牵着他，奔向站牌下的那一个空位。

④ 姑娘坐在那里，空位在姑娘身边。姑娘的额头洒着几粒赭红色的迷人麻点。姑娘的眉眼描得细致迷人。姑娘穿着很长的黑色皮靴，很短的黑色皮裙。他看了姑娘很久。他是用眼的余光看的。城市生活让他习惯了用余光观察所有美好的东西——越是美好的东西，越是不动声色。有风，姑娘身上的香味不断飘进他的鼻子，让他宁静、安逸、幸福和自卑。

⑤他上了公共汽车，他希望得到一个位子，他果真得到了。是在公共汽车的最后一排，他冲过去，把身体镶在上面。

⑥香味再一次钻进他的鼻子，轻挠着他，让他打了一个羞愧的喷嚏。他把脑袋转向窗外，眼睛却盯着姑娘锦缎般光洁的皮肤。当然是用余光，他的余光足以抚摸和刺透一切。他再一次变得不安起来。他挺了挺身子，坐得笔直。

⑦车厢里越来越拥挤。所有站着的人，都在轻轻摇摆。姑娘倾斜着身子，一只手扶住身边的钢管。姑娘的旁边站着一个男人，身体随着汽车的摇摆，不断碰触着姑娘。

⑧他看到姑娘扭过头去，厌恶地看看男人。男人尴尬地笑，做一个无奈的表情。姑娘没有说话，她小心并艰难地使自己和男人之间闪出一条狭窄的缝隙。汽车突然猛地摇晃，姑娘的努力顷刻间化为泡影。

⑨于是他站了起来。他对自己的举动迷惑不解。他对姑娘说，这儿有个座位，你坐。他想他应该说出了这句话，因为他的嘴唇在飞快地抖动。姑娘看看他，一脸懵懂，似乎没有明白他的意思。<u>他只好指指自己让出来的位子。他对自己说，这儿有个座位，你坐。</u>

⑩姑娘瞅瞅他，再瞅瞅那个空位，再瞅瞅他。姑娘把头重新扭向窗外。姑娘没有动，也没有理他。姑娘说，哈。

⑪他的表情便僵住了。他感觉自己仿佛被当众扒光了衣服，所有人都在细细研究他身上每一个肮脏的毛孔。他没有坐下。他把脸扭向男人。他对男人说，这儿有个座位，你坐。他听到自己的声音在轻轻颤抖。那是哀求的调子，透着无比的卑微和真诚。

⑫男人笑了。他不知道男人为什么笑，但男人的确笑了。

男人的脸上瞬间堆满了快乐的细小皱纹。男人没有动，甚至没看那个空位。男人盯着他。男人说，哈。

⑬ 声音是从鼻子挤出来的——那声音有些失真。

⑭ 他有一种强烈的想哭的冲动。那座位就那样空着，没有人去坐，包括他。很多人都在看他，面无表情。他感觉自己被他们一下一下地撕裂开来，每个人都拿到其中一块，细细研究。

⑮ 他提前两站逃下了车。他提着那个沉甸甸的冲击钻，慢慢走向宿舍。他感到很累，似乎马上就要瘫倒。

⑯ 他把冲击钻换到另一只手。他感觉自己是一条即将脱水的鱼，正被太阳无情地炙烤。他想明年，自己应该不会再来这个城市了。因为在乡下，淌着一条温暖的河。

⑰ 一缕熟悉的清香悄悄钻进他的鼻孔。突然，他再一次紧张起来，他感觉姑娘就站在不远处，盯着他看。他转过身。他第一次面对姑娘。他看到姑娘迷人的脸。他开始战栗不安。

⑱ 姑娘说刚才是你吗？他点点头。姑娘说哦，转身走开。姑娘走了几步，再一次停下，扭过脸，说，谢谢你啊。然后转身，走进一家服装店。

⑲ 他开始了无声的狂奔，泪洒成河。他感到安静和幸福。他感觉自己就像一条鱼，在炙热的陆地上不停地奔跑。他不能停下，他需要汗水和眼泪的濡染。

⑳ 他想明年，他可能，还会留在这里。他知道这个城市需要他，用极度别扭和危险的姿势，将坚硬的混凝土外墙，钻磨出一个个大小不一的圆孔。

1. 下列表述不符合原文意思的两项是（　　　）

A．文章开头对"他"进行了外貌描写，交代了"他"的农民工身份，并突出其工作的艰辛和劳累。

B．第⑨段画横线的句子中，"他对自己说"表明"他"不再想把座位让给姑娘，只好以这种方式化除尴尬。

C．"他"要把座位让给那个男人是想化解被人误解和鄙夷的尴尬，证明自己没有"肮脏"动机，并帮助姑娘摆脱男人的骚扰。

D．本文的心理描写传神逼真，把人物心理刻画得淋漓尽致，肖像描写部分对表现人物性格与心理也起了很好的作用。

E．"冲击钻"在文中多次出现，是贯穿全文的线索，对"他"的形象形成了很好的烘托。

2．文章结尾画横线的句子在小说中有哪些作用？请简要分析。

3．小说设置"男人"这个形象有哪些作用？

4．以"一条鱼的狂奔"作为小说标题，意蕴丰富。请结合全文谈谈你的理解。

参考答案

1．BE（B．"他对自己说"表明"他"说话声音太小，只有自己能够听见，表现出"他"的紧张和自卑。E．"冲击钻"不是贯穿全文的线索。）

2．（1）照应小说开头，再次凸显"他"的劳动对于城市的意义和价值。（2）照应前文"不会再来这个城市"，并形成对比，暗示他内心感受到可贵的温暖。（3）暗示"他"决心以自己质朴善良的力量洞穿城市冷漠的墙，让人看到真情的力量；凸显文章主旨。

3．（1）男人骚扰姑娘，折射世风日下的现状，并推动了情节的发展。（2）男人对姑娘的骚扰与"他"对姑娘的欣赏与保护形成鲜明的对比，突出"他"对宁静、安逸、幸福的追求及"他"内心世界的单纯美好。

4.（1）标题运用了比喻及拟人的手法，从各个方面体现了"他"在城市中的处境，形象生动，意蕴丰富。（2）主人公离开家乡温暖的河流在城市艰难生存，如一条在汗水中努力奔跑的鱼，坚韧而疲惫。（3）主人公在城市遭遇嘲笑、歧视，内心痛苦不安，希望如一条鱼一样奔跳逃避，仓皇而可怜。（4）主人公得到理解和尊重后感受到幸福和喜悦，如一条在感动的泪水中狂奔的鱼，激动而满足。（5）体现了作者对主人公所代表的群体的生存状态的同情、理解，对他们通过努力寻找到自己的河流的敬仰。

伤　口

　　他坐在正午的阳光里，面前的细铁架上绑一只白晃晃的口琴。（1）他的额头和脸颊上挂着亮晶晶的汗水，他微笑着，尽量用口琴吹出悦耳并且连贯的曲子。可是那曲子并不连贯，它断断续续，调子甚至跑出很远。他端坐着，脸上露出抱歉的表情，口琴声却并不停歇。旁边放一个红色的小塑料桶，偶尔有行人走上前来，往塑料桶里扔一张零钞或者一枚硬币。他并不看行人，更不理会那个塑料桶。他只顾吹他的口琴。可是他的脸上分明有了感激，对好心人，对一张零钞，或者一枚硬币。

　　和着曲子，他的脸上表情丰富。人们注意到他肘部以下的袖筒空空荡荡，那袖筒随着他身体的微小动作而轻轻摆动。

男人带儿子横穿了马路。他们站在不远处听他吹琴，男孩说那里有个人在演奏。男人说他是乞丐，他不过是在胡乱地吹口琴。男孩坚持说，不，不，他在认真地演奏。

然后，男孩跟父亲要十块钱。

什么？男人吃了一惊。

五块钱也行。男孩让了一步。

你要给那个乞丐五块钱？

是，我想给他五块钱。男孩认真地说，我们听了他的演奏，我们应该付钱……他那么认真，他没有胳膊……

男人想了想，掏出五块钱递给男孩。男人拉着男孩的手，径直走到他的面前。（2）恰逢一曲终了，他抬起头，舔一舔干燥的嘴唇，冲男人和男孩笑笑，然后将头深低下来，在肩膀上擦一擦汗水。男孩捏着五块钱，向前跨一步，试图将钱扔进他面前的红色塑料桶。

稍等，男人说。他将五块钱重新握到手中。

男孩不解地看着自己的父亲。

我得看一看你的胳膊。男人对他说。

他再一次抬头，再一次看面前的男人。他的脸呈现出紫黑的颜色，分不清是因了阳光的照晒还是因了男人的话。他的嘴微张，嘴唇轻轻抖动，然而，他没有说话。

我得看一看你的胳膊。男人重复说，你知道，现在骗子太多……我不想让我和儿子再一次受到欺骗。我绝对没有别的意思，我只想证明你是乞丐……请你原谅我……

可是我不是乞丐，他说。

你不是乞丐？

我不是乞丐。我只是艺人——在大街上吹口琴的艺人。

男人不知是否应该把手里的五块钱扔进塑料桶。他迟疑着，愣怔不动。我还是想看一看你的胳膊，男人坚持说，我真的没有别的意思，我只是想证明一下……

他低下头，久久不语，然后，将嘴唇重新凑近口琴，吹起另一首曲子。他似乎完全沉浸到自己的曲子里，对面前的父子二人视若不见。

男孩看着父亲。他感到不知所措。

最终男人还是将那五块钱扔进了塑料桶。他拉起男孩，转身，往回走。他们需要重新横穿马路。

身后的口琴声戛然而止。

稍等！他喊住父子二人。他努力低下头，用牙齿咬开胸前的两粒纽扣。一滴汗水恰在这时滑过额头，滴进他的眼睛。他用一种艰难并且笨拙的姿势脱下身上的 T 袖衫，男人和男孩同时看到他丑陋并且可怜的残肢——的确，他的两个肘部以下，空空如也。

男人和男孩，同时愣住。男人开始不安和尴尬。男人说，对不起。

（3）他笑一笑，重新用笨拙并且艰难的姿势将 T 袖衫穿好。他再一次低下头，用牙齿仔细地系上胸前的两粒纽扣。他抬头看看男人，对男人说，请收回您的钱。

什么？男人不敢相信自己的耳朵。

请收回您的钱。他重复一遍，我想您还是把我当成了乞丐——只有把一个人当成乞丐，才会在意他是否伤残……但事实上，我并不是乞丐，我只是艺人……我给您看我的胳膊，既非为了博取您的同情和怜悯，更不是为了得到您的五块钱……

他用光秃秃的肘部指指面前的小男孩，说，我把伤口展示出来，只是想让您的儿子相信，这世上，并非所有需要帮助的人都是骗子；这世上，至少还有诚实……

他埋下头，再也不肯说话。少顷，又一支曲子在正午白晃晃的阳光里飘荡开来。

1．联系全文说说文章以"伤口"为题，有哪几层含义。

2．本文人物形象刻画细腻生动，其中吹口琴者给人留下深刻印象，请你简要概括一下他的形象。

3．文章画横线处都写到了吹口琴者的"笑"，请揣摩三处"笑"有何不同之处。

4．小说在表现人物形象时采用了对比的手法，请举例谈谈这样写的作用。

5．结合本文和下面的材料，写出你的探究结果。

材料一：亲切不可抗拒，但它应该是真诚的，而不是虚假的微笑或伪装的面具。——奥列利斯

材料二：春秋时齐国连年灾荒。有个叫黔敖的富户在路边设了一个粥摊来周济逃荒的穷人。一天，黔敖看见一个人用袖子蒙着脸，拖着鞋子，没精打采地走过来，就高声喊道："喂，来吃粥。"来人抬眼看着黔敖说："我因为不吃嗟来之食才落到这样的地步。"说完他谢了黔敖又向前走去，最终饿死在路边。

参考答案

1．一是指吹口琴者伤残的肘部；二是指男人的不信任给吹口琴者所带来的尊严与内心的伤害。

2. 诚实，有骨气，自强不息，乐观面对生活。

3.（1）体现了吹口琴者的真诚乐观。（2）对男人和男孩的好心的感激。（3）对男人道歉的宽容。

4. 参考1：男人的固执、疑虑与男孩的善良、纯真构成对比，这样能更好地推动故事情节的发展，更好地衬托出男人行为的极端性，从而更有力地体现出男人对吹口琴者的伤害。

参考2：男人的一意孤行与吹口琴者的忍让宽容构成对比，这样更好地突出了人应当真诚地对待别人，尊重别人的主题。

5. 每个人都有自尊心，也有维护自己尊严的权利。我们要学会尊重别人，用真诚的心去关爱他人。

铁

红色的铁伏在砧上，任一把大钳夹持，任两把铁锤反复锻打。老铁匠的小锤轻敲上去，如蜻蜓点水，小铁匠的大锤紧跟上来，似巨雷轰顶。柔软的铁像面团般变着形状，灼烫的火星在大锤落下的瞬间如烟花般迸散绽放。几点火光飞溅到老铁匠腰间的牛皮围裙上，又在霎时熄灭。围裙就像黄褐色的天幕，上面黑色的星光点点。

炉火熊熊，红和蓝的火焰缠绕交织。小铁匠气喘吁吁，挥锤的胳膊渐渐变得沉重，表情也开始痛苦。老铁匠看看他，停下手里的小锤。歇一歇喝口水，他说，你好像心不在焉。

小铁匠没有搭话。

因为这把刀？老铁匠问他。

小铁匠只好点点头。他用一条黑色的毛巾擦着彤红的脸膛，村里人都说你是汉奸。

还说你是小汉奸？老铁匠面无表情。

那是肯定，小铁匠瞪着老铁匠，干脆我们逃了吧！夜里咱们爷俩……

你觉得能逃出去吗？老铁匠仍然面无表情。

那也不打了！小铁匠把毛巾狠狠地扔到地上，不打能怎样呢？大不了是一死。

不打？老铁匠苦笑，不打铁，我们还是铁匠吗？他站起身，从熊熊炉火中钳出再一次变得柔软的铁，用力按到砧上。儿啊，开锤！

军刀在两个月以后打造完毕。青蓝的刀锋，弧形的刀柄，雕了简洁图案的刀鞘。刀似乎可以斩断目光和阳光，那是一把令人胆寒的好刀。小野小队长按时过来取刀，身边跟着四个持枪的日本兵。他盯着刀，嘴角不停抖动。他问老铁匠，全是铁的？老铁匠说，当然。小野再问，如何？老铁匠说，可试。小野就抽出腰间的军刀，哇哇怪叫着冲上来，一道寒光自上而下，直逼老铁匠。老铁匠微微一笑，手中刀轻轻一迎，"噗"一声响，小野的军刀，便折为两截。

小野向老铁匠竖起拇指，好快的刀！又摆摆手，示意身边的日本兵接过刀。想不到老铁匠却退后一步，说，刀暂时不能拿走。

不能拿走？小野愣住。

不能拿走。老铁匠说，刀柄上还没有刻字。

刻字？

这是规矩。老铁匠说，只有刀柄上刻了字，才算一把刀打造完毕，刀才算有了主人。如果你信得过我，后天过来取刀。

小野想想，再看看老铁匠，再想想，再看看老铁匠，然后点点头。他在一张纸片上写下自己的名字，递给老铁匠。要刻得和这个一模一样，小野说，能办到吧？

老铁匠笑笑，没问题。

别耍花样啊！

放心！

后天我来取刀！

请！

可是第二天老铁匠就不见了，连同那把削铁如泥的军刀。小野暴跳如雷，他把全村人驱赶到一起，逼他们说出老铁匠的下落。当然没有人说。也许他们也不知道。也许连小铁匠也不知道。日本人早在村子通往外界的唯一路口设下重重关卡，老铁匠的突然失踪，让他们百思不得其解。

愤怒的小野几次想毙掉小铁匠，可是他终未下手。他们正在村后的山上修筑工事，这个时候他们需要一位强壮的铁匠。

一个月后的一个夜里，山上的壮丁们突然组织了一次暴动。他们用石块打死四个看守，然后四散而逃。尽管日本人的机关枪嗒嗒扫个不停，可是最终，还是有三十多人逃了出去。

小铁匠在突围中中弹身亡。据说他是这次暴动的组织者。据说他在临死前只说了一句话。他说，爹告诉我，能屈能伸才是铁。

再后来，日本人就投降了。

多年后他们那栋老房子突然倒塌。在一个雨夜，伴着一道划破天空的闪电。人们在听到一声闷响后爬起来看，就惊呆了。

那房子，只剩下一面伫立的墙。

那面墙里，镶着一位伫立的老人——只剩白色骨架的老人。

风雨中，白色骨架岿然不动，似乎他的每块骨头，都闪烁出红和蓝的光泽。

红色像铁锈或者红的炉火；蓝色像刀锋或者蓝的炉火。

白色骨架的手里，紧握着一把刀，军刀。

刀柄上清晰地刻着三个字："中国铁"。

1. 下列对小说有关内容的分析和概括，最恰当的两项是（ ）

A. 小说情节曲折、极富戏剧性，但老铁匠的失踪、小铁匠的组织暴动，来得太突然了，这是一个小小的遗憾。

B. 小说一开始写老铁匠得知自己被村人说成是汉奸后仍面无表情地打铁，说明老铁匠一开始并没有想要反抗，而是逆来顺受想要忍气吞声躲过这一劫。

C. "刀柄上清晰地刻着三个字：'中国铁'。"文字简练，系点睛之笔，对主题进行了阐释与深化，使标题的匠心得以彰显。

D. 小说以饱含深情的笔调，用爱国主义者的鲜血和骨气让一块普通的铁拥有了震撼心灵的内涵，老铁匠与小铁匠互相映衬，人物形象更加丰满、完美。

E. 作者运用悬念，通过对人物的语言、动作、心理等细节的描写，传神地刻画出了父子俩不惜牺牲自己的生命来维护祖国尊严的高大形象。

2. "铁"在小说中有何作用？请简要分析。

3. 小说中的老铁匠是一个什么样的形象？请简要分析。

4. 老铁匠说，"能屈能伸才是铁"。你同意这种观点吗？请结合全文并联系现实谈谈你的具体理由。

参考答案：

1. CD（A. 这叫"艺术留白"，是为了让读者"参与创作"，引发读者深入的思考，并得到不一样的作品内涵或启发。B. 结合下文可知，老铁匠面无表情说明他胸有成竹，早就想好了反抗到底的策略。E. 文中没有心理描写。）

2. （1）铁是本文的线索。（2）交代了主人公的身份和重要情节。（3）铁暗示本文的主题，象征着中国人民钢铁般的傲骨和不屈不挠的爱国精神。

3. （1）从老铁匠锻造的削铁如泥的军刀可以看出他的技艺高超。（2）从他面对村人的误解从容淡定，面对敌人的淫威沉着周旋可以看出他的能屈能伸，临危不惧。（3）从他最后突然失踪化为墙中骨架可以看出他视死如归，坚决反抗侵略者的爱国精神。

4. 同意。

【示例】（1）我们需要坚定的爱国主义精神，但在特殊情况下，我们也许更需要忍辱负重。一块普通的铁，只有忍耐住千百次锻打的痛苦，才会在火与锤的呼唤下变得刚硬锋利，成为削铁如泥的利器；一个平凡的人，只有经受得起被他人误解，能屈能伸，才能够等待最佳时机一击制胜，成就不凡的人生。（2）我们不但要懂得去爱国，更需要掌握爱国的方式。在抗击外族侵略时期，勇敢献身是爱国；在和平建设时期，理智、合法地表达我们的爱国情感，做好自己的本职工作，韬光养晦，建设强大的祖国同样是爱国。（3）我们在生活中，失意时能忍耐，在逆境或困境中能乐观向上，在得意时能信心百倍干一番大事业，这才是我们做人的应有之义。

孙厂长抬起头，看着周局长。

"是一群孩子。"周局长说，"几个市里领导去贫困山区看望那里的孩子，有教育局局长、文化局局长、民政局局长……还有我。当我们离开时候，那些孩子突然一齐朝我们跪下，然后喊：伯伯，我们想读书……那时我猛地想到税收，想到那些或许可以帮上这群孩子的钱。好哥们儿，面对'绿三'，我或许可以睁只眼闭只眼，可是面对那些孩子，我怎么能够闭上眼睛，假装不见呢？"

老连的传承

　　老连的父亲是标准的农民，性格木讷怪异。从老连进城第一天起，就想把父亲接进城，但父亲只过来住了几天，就死活要回去。他说，县城太挤，让他喘不过气，又说，城里人给他一种不踏实的感觉。老连反驳几句，他说，那你告诉我，家家钢门铁网的什么意思？在咱农村，就一张破木门还不上锁。老连进城二十多年，从打字员做到副县长，父亲却仍然在老家种地。

　　除了种地，父亲的唯一爱好就是养狗。家里养了三条狗，父亲喜欢每天带它们去田间地头溜达，与狗说话，甚至搂狗睡觉。这或许是父亲不想进城的另一个原因。他说，狗到城里会憋坏的。人还能发发牢骚，骂骂娘，狗呢？

　　前几天父亲给老连打电话，说有人送他一条狗崽。狗崽挺可爱，他挺喜欢。老连问谁送的，父亲只说了几句，老连就知必是乔无疑。打电话问乔，乔说前段时间别人送他一条狗崽，本想自己养着，老婆硬是不让，没办法，只好把它送给农村的朋友。谁知朋友也不喜欢狗，他就将狗送给了老连的父亲。

正好顺路。乔说，突然想起伯父喜欢狗……

你该跟我说声。

事多，给忘了。乔说，不过一条狗……

不过一条狗，老连也把这事给忘了。半年后老连回老家，狗已经长得很大。老连虽不懂狗，却总感觉这条狗不大对劲，拍了几张照片，回来上网查查，好家伙，这条狗至少能值三万块钱！

老连感觉他掉进了乔的陷阱。

乔是个房地产商，也是老连的朋友。之前他曾多次给老连塞钱，老连一次也没有收。老连说我收了你的东西，就得照顾你。照顾你，对别人就不公平了。"廉"的本质是什么？就是对所有人公平。乔几次碰壁，慢慢老实了。想不到这次，竟用上这样的办法。

老连让乔将狗带回去，乔不肯。老连说，你不干是吧？我干！老连说到做到，找到父亲，说想把狗还给乔，父亲却不干了。

狗现在离不开我了。他说，它待我比你待我都好。

可这是乔的狗……

送给我就是我的了。父亲说，要回去？狗很贵吗？

老连没敢将实情告诉父亲。他怕吓坏父亲，又怕父亲骂他。最重要的是，看父亲像搂着小时候的他那样搂着狗，他想，假如将狗带走，父亲会多么悲伤？这是对父亲最大的不孝吧？

回去，咬咬牙，自掏三万块钱给乔，乔的脸上就挂不住了，说，你这样搞好像我强卖一条狗给你。老连说就算你强卖一条狗给我，我也该感谢你。狗让我爹很快乐，三万块钱，值……

真是个大孝子。乔揶揄着，既然是大孝子，为何半年都不回家一趟？

工作忙……

借口吧。乔说，回趟家能用多长时间？前几天你还跟我唠叨你上大学的女儿放了暑假也不回家，说你挺想她。怎么轮到自己的爹，就不理解了？

可是我已经五十多了……

就算你一百岁，在你爹面前也是个孩子。乔说，你爹为什么喜欢狗？怕是因为孤独吧？

老连被当头一棒，一夜未眠。第二天恰逢星期天，他亲自开车回了趟乡下，陪父亲喝茶聊天，整整一天。临走前，父亲说，你回来陪我，是这条狗闹的吧？老连嘿嘿笑。父亲说，我知道你"廉"，也知道你"孝"，这些都是你的"德"，可是你的"德"似乎还差一点点。老连看着父亲，不解。父亲说，我喜欢狗，有条狗陪着就高兴，可是别的老人呢？有些像我一样不想进城，有些则是儿女没能力让他们进城。怎么办？好像你从未为他们想过。老连说，我能怎么办？父亲说，你是一县之长，你没办法，谁有办法？

老连回到县城，决定想办法给农村办些"老人之家"之类的场所，让他们有个休闲娱乐的地方。假如这件事情不好办，就待他退休以后，回到老家，以一己之力在村子里办一个"老人之家"。反正到那时，他也快成老人了。

将想法告诉父亲，父亲捋捋胡须说，看来，我的确没给你起错名字啊！

老连叫连孝德。父亲当初给他起名时，希望他有"孝"有"德"。加之姓连，父亲说，熬到五十多岁，你才终于"德孝廉"齐全了。

老连就笑了。他认为，这就算"德孝廉"的真正传承吧。

手，枪

日本人来到门口，老人正坐在门槛上抽烟。狗安静地趴伏身边，舌头轻舔着老人的膝盖。听到动静，狗猛然蹿起，汪汪叫着，扑向来者。老人喊住狗，却没有站起。他的脸隐在灰白色的烟雾里，他灰白色的胡须随风飞扬。

日本人叽里呱啦一阵，翻译低头走进院子。狗冲他龇起雪白的牙齿，鼻子上堆满皱纹。翻译倒退一步，脸上写满惊恐。您儿子昨晚被打死了。他对老人说，我很遗憾。

老人拍拍他的狗，狗再一次安静下来。老人面无表情地指指门槛，冲翻译说，坐。

翻译便战战兢兢地坐到老人身边。他带了九个人袭击了皇军的据点，翻译说，皇军两死五伤，您儿子和他的游击队全军覆没。

你们过来就是要告诉我这件事吗？老人的手，轻抚着狗的耳朵。

当然不是。翻译赔着笑说，皇军怀疑他藏有枪支，要过来检查一下。您看行吗？

翻吧！老人摁灭烟，说，就算我不同意，你们也是要翻的。

翻译搓搓手，抱歉地笑笑。似乎，将老人打扰，令他非常不安。

日本人进到屋子，翻找得极为仔细。他们甚至拆掉了老人的锅灶，甚至将手伸进屋角的鼠洞，甚至将整间屋子像箩筐那样倒过来拍打。一无所获的他们走出屋子，冲迎上去的翻译叽里呱啦一阵，翻译便再一次走到老人面前。

论辈分，我得管您叫叔。翻译说，所以我希望您能配合。配合我就是配合皇军，配合皇军，就是对您的性命负责。

过来坐。老人指指门槛。

翻译只好再一次战战兢兢地坐上门槛。皇军刚才问您，您儿子平日里，跟谁走得比较近？翻译一边说，一边警惕地看着卧在身边的狗。

赵三。老人再一次拍拍他的狗。

赵三死了。翻译说，昨晚被打死的。您知道赵三死了是不是？您知道，所以您说赵三……

还有赵六。老人卷起第二根烟。

赵六也死了。翻译为老人点上火，叔，求求您跟我配合。您不配合的话，皇军什么事情都干得出来……您还知道什么？

我什么也不知道，老人说，他有什么话，从不肯告诉我。

那您知道他是游击队队长吗？

知道。

您为什么不阻止？

我为什么要阻止？老人看着翻译，说，你儿子与闯入你家的强盗搏斗，你是会阻止，还是会帮忙？

不一样的。翻译搓搓手，说，您得承认现实。现实是，我们不停地打败仗并且看不到任何能打胜仗的迹象。这种时候，保住一条命，比什么都重要……

日本人终于有些不耐烦了。他们冲翻译打起手势，翻译急忙站起来，

"哈依哈依"两声，然后，对老人说，求您了，配合我。

怎么配合？

您知道枪吗？

不知道。

他跟谁交往密切？

不知道。

叔，那我可能帮不了您了。

翻译小跑到日本人面前，叽里呱啦地说话。从表情和手势上，老人知道他正在为老人求情。可是从日本人的表情和手势上，老人知道，他必死无疑。

老人站起来，狗跟着老人站起来。老人走到墙边，狗跟着老人走到墙边。老人伏下身体，一遍遍亲吻他的狗，狗呜呜咽咽，舌头舔着老人的脸。老人指指门口，说，大黄，去吧！狗仍然呜呜咽咽，不肯就范。老人咬咬牙，一脚踹出去，狗翻一个跟头，脑袋撞上门槛。狗爬起来，盯着老人，试图重回老人身边，却被老人再一脚踹开。狗一步一挪，终于走到门口，又回头，泪花闪闪。老人看看翻译，说，关上门吧，别让大黄受惊。

此时的日本人，正将一条枪往翻译手里塞，翻译先是笑着推辞，然后变成哭着推辞。他给日本人跪下，脑袋磕得如同小鸡啄米。叔，你就招了吧！他扭头看着老人，哭号着。

我说过了，我不知道……

我不杀你，他们就会杀死我的。翻译接过日本人硬塞到他怀里的枪，站到老人面前，脸色苍白，身如筛糠。他将枪举起，放下，再举起，再放下。他的眼泪早已将一张脸冲得没了形状。

你不杀死我，我也会杀死你的。老人看着翻译，说，信不信，我的身上，藏着一把手枪？

翻译愣住了。

老人的手，突然伸向怀中。那一刻，翻译的枪，便响了。子弹击中老人胸膛，老人却并没有倒下。他从怀里抽出手，他的手里，空空如也。空空如也的手却扮成手枪形状，拇指朝上指向天空，食指朝前瞄准翻译。然后，老人微笑着，中指轻轻一勾，做出射击的动作。伴着那动作，老人从嘴里发出胸有成竹的"砰"的一声。声毕，翻译瘫倒在地，口吐白沫，四肢抽搐。

翻译从此没有站起来。直到战争结束，直到他老去死去，他也没有站起来。

他真的瘫了——被一把虚构的手枪打倒，被一枚并不存在的子弹击穿。

第二辑

握住我的手

握住我的手

　　星期天，两男两女出去逛街。他们是两对夫妻，还是多年的好朋友。他们到了服装城，两个女人很快走到一起，一家一家服装店试着衣服，两个男人则慢吞吞地跟在后面，闲聊着天。终于两个女人在一家服装店里找到了满意的衣服，她们笑着，招手让各自的老公过来。这时地面突然颤动起来，脚底下似乎翻滚着一只可怕的巨大怪兽。屋顶瞬间塌下，天地间一片黑暗。身边的女伴发出一声惊呼，再也没有了动静。几秒钟以后，女人意识到，他们遇到了地震。

　　女人喊着男人的名字，喊着女伴的名字，可是没有人回答她。难道他们已经死去了吗？女人感觉到一种让她窒息的恐惧。

　　女人受了重伤。她的身体被一块巨大的水泥板压在下面，呼吸困难。她试图推开那块水泥板，可是她使出浑身的力气，水泥板还是纹丝不动。这时她的眼睛勉强可以看到一些影影绰绰的轮廓，她发现女伴伏在距她很近的地方，似乎已经昏迷，或者死去。女人喊她的名字，却听不到任何回答。女人休息一会儿，然后努力转动脖子。她发现在她的左侧，多出一堵墙。当然那不是墙，那是掉下来的天花板，它把两个男人和两个女人近在咫尺地分开。女人腰部以下疼痛难忍，恐惧中，她开始了低低的呻吟和哭泣。

突然，她惊喜地听到墙那边传来了声音。是男人的声音，他正在焦急地呼唤着她的名字。然后，几秒钟以后，另一位男人也轻轻地叫起了女伴的名字。显然他们都还活着！虽然他们可能也受了重伤，但是，起码他们现在还活着！女人高声喊，我在，我在，我在……她听到男人在那边轻轻地咳嗽，似乎他的伤远比自己严重。然后，另一位男人大声问她，"她"还好吗？

显然，那位男人指的是她的女伴——他的妻子。

可是女人看不到她的样子，更听不到她的声息。女人想摸摸她的手，然而她的身体不能够挪动哪怕一点点。她把手伸出去，仍然碰触不到女伴的身体。突然她有一种感觉，她确认女伴已经死去。墙那边的他仍然焦急地问着女人，她还好吗？她还好吗？女人想了想，说，她还好……不过她受了伤，似乎很严重……她不能动，也说不了话，不过她还活着，我想她不会有事。

那边的两个男人，都不说话了。他们沉默了一会儿，然后，女人听到自己的男人艰难地说，大家都不用怕，我们很快就会得救……不过，在救援人员赶来以前，我们可能会度过一段最难挨的时间。所以，如果可以的话，我们试试把手握到一起。墙上有一条狭窄的缝隙，女人努力抻长身体，将她的手伸了过去。她的手马上被一只温热的大手轻轻地握住，那手似乎受了很严重的伤，还在流着血。那边的男人再一次说话，他说，现在，你可以握住她的手，就像我握住你的手一样。女人回答说，好的，现在我握住她的手了。男人说，很好。现在，他握住我的手，我握住你的手，你握住她的手，只要我们四个人把手握到一起，我想就不会有事……为节省体力，从现在开始，我们不要再说话，直到有人发现我们……不过记住，每隔一段时间，我们的手就要动一下，以证明我们都还活着。女人和女伴的丈夫一起说，好。只有女人的女伴没有说话。现在，女人更是确信，她的女伴已经死去。

他们真的没有再说一句话。只是每隔一段时间，其中一只手，就会轻轻地动一下，然后另一只手，就会轻轻地回应。相握的手成了生的讯号和链条，他们在黑暗中、在静默中互相鼓励。

他们挺过了漫长的三天。三天后，救援人员发现了他们。那时候，女人已经奄奄一息。

四个人，只被救活了两个——女人和女伴的丈夫。她的丈夫和她和女伴，都在那场灾难中死去。

多年后女人将实情告诉了女伴的丈夫。她说，当时我真的没有办法，我不能动，我没有办法帮她。其实当你问她是不是还好的时候，她可能就已经死去了……我没有握住她的手，我骗了你……

他说，我知道……我猜出来了。尽管我希望奇迹发生，希望她会被救活，可是随着时间的延长，我知道这种可能性已经微乎其微。我一直用一只手捂住自己的嘴，不停地哭泣。那时你的男人躺在我身边，他抓了我的手，示意我和你的手紧握到一起……然后他就死去了……他本来就伤得很重……所以，一直握住你手的，其实是我的手……我必须让你挺过来，我不能辜负我的朋友……

女人说，我也知道……我也猜出来了。和你一样，我也一直在无声地哭泣。我和他那么恩爱，是不是他的手，我能够感觉出来……可是那时候，我只能咬着牙不说出来……是的，我们必须挺过来——我，还有你……

挂起来的梦

　　有时我想扔掉那个画夹，尽管它还能用。每一次搬家，都把它从墙上摘下，狠狠抹去灰尘。思索片刻，再一次将它放进行李。

　　舍不掉的。

　　深绿色的画夹，被阳光暴晒几次，变成一个难看的弓形。里面夹着几张人物素描，画纸已经变黄，标志了年代的久远。可是那些住进画纸里的人们，却在不经意间，被我定格在一个瞬间。

　　常翻出其中一张。记不清确切的时间，隐约记得那姑娘正读着一本韩文书，我坐在她的对面，用一支炭笔捕捉她的容颜和内心。当时正是正午。有时就是这样，我记住了一轮炙热的太阳，却回忆不起确切的年月。

　　那是十二年前的事，也许是十年前。那时姑娘还很年轻，嘴唇如花瓣般柔软和光鲜。我不知道她现在的样子。她什么样子都与我无关。她落在我的画纸上，我凝固了她的模样。然后她离开，斜背着一只小巧的坤包挤上公共汽车。只有这些。那个正午，太阳炙烈地烘烤大地。

　　那几年我背着我的画夹，不停地跑。奇怪的是，画夹似乎永远都是新的。它没有磨损和褪色的痕迹，它的模样与我的辛劳，呈一种怪异的反比。然后，当我不得不将画夹斜挂上墙，它开始飞速地变老。像一位老人。像一位垂暮的老人。像一位不得不垂暮的老人。

艺术为我换来的，只剩下饥肠辘辘。所以后来，我只为自己的胃奋斗。

我低下头，在城市间游走。只有在夜间，或许，我会抬头望一眼那个深绿色的画夹。

它像一位老人。

后来，终于，我逐渐将它淡忘。我彻底忘掉了以前的承诺。以前，我对自己说，只要能够吃饱，我还会画画。一定，不停地画，画一辈子。可是我没有，我怕再一次挨饿。我为自己寻找的借口，总是那样冠冕堂皇，坚定不可动摇。

每一次搬家，我都会从墙上摘下那个画夹，狠狠擦去上面的灰尘。我知道自己不会再用到它了。我想把它丢掉。可是最终，我再一次带着它上路。

仅仅是上路。它对我没有任何作用。之于现在的我，它是一种累赘。

一条路，走到一半，停下了。然后我重新上路。重新上路，方向已经改变。事实上每一条路都是正确的，每一条路，却都令人恐惧和紧张。一种梦想被高高挂起，另一种梦想，又开始膨胀，坚定不可动摇。

那天我想扔掉我的画夹。我真的想扔掉。我取下它，打开。我看到发黄的素描纸。一位姑娘正读一本书，她的嘴唇柔软，目光专注。在那一刻，她被我定格了。在我的纸上，她不能穿过岁月的河。

其实那天起，我的梦想就被挂起来了，然后封冻。所有的根须都已经死亡。

我重新把画夹，挂回墙上。

那天喝酒，一杯断肠。

把手给我

假期时去爬山，面前横一块陡斜的巨石。正犹豫着，一只大手伸过来：把手给我！就这么着，她把自己的心也交了。

多年后回忆当时的感觉，她说，没感觉，慌得紧呢。她不知道别的女孩子第一次握男孩的手是不是都这样，反正她是。如果说有感觉，唯一的感觉，就是紧张。

她说这不公平，一只手轻轻一拉，就把芳心掳走了。好像，你这代价也太低了吧？他说那你还想怎么着？英雄救美？大漠奇情？香车豪宅？白金镶钻？她瞅着他的表情，那时的他，很有些得便宜卖乖的味道。

她说那倒不必，不过当爱情来得太快太突然，就有些过于感性了。过于感性的东西，能可靠吗？于是他伸展了肩膀，他说，可以靠。她"噗"地笑了，拿粉拳捶他的胸膛，他却是大笑着闪开。

可是她还是认为他们的相识和相恋太过简单和突然。仿佛一支曲子，尚未开始前奏，已经接近尾声。她所向往的初恋应该有甜酸味道、粉红色彩、柔软质地、曲折进程，最好能让她要死要活。可这些都没有，一样也没有。让她奔向婚姻的，其实只有一只手。

婚后的日子，依然没有波澜，平静得让她窒息。有时开玩笑，他说他会弥补他们的初恋的遗憾，包括玫瑰与情话，可是他几乎没有一点兑现。于是她故意跟他闹些小别扭，有时候他让着她，有时他也急。急了，两个人都不说话，各自做自己的事。

面对看不清楚的漫长未来，有时，她竟突然升起几分伤感和担忧。

那天她的心情很不好，偏偏有同学打来电话，说有一个聚会。他们一起前往，彼此沉默着，在马路上并排往前走。那时还是黄昏，天气很好。所以他们穿得都有些单薄。

回来的时候已经很晚，天却突然变了。不但刮了很大的风，还下了雪，气温也骤然下降。马路上出租车很少，他们等了一会儿，终于决定走回去。

仍然是并排着往前走，仍然是沉默着往前走，和来的时候，几乎没有差别。那时她的手冻得麻木和疼痛，想寻个口袋插进去，可是她牛仔裤上那两个象征性的口袋，仅插得下她的两根手指。

突然他靠过来，轻声说，把手给我！她愣了愣，却想任性，仍垂着手，不理他。他猛地抓起她的手，握紧。

手掌很大，很厚，像一间温暖的屋子，抵御着寒风，将她包融。可是他自己呢？除了温暖的掌心，手上剩余的筋骨和皮肤，仍然暴露在午夜的寒风中。

这就叫爱吧？她想。

一瞬间她被他彻底打败。她想他其实很不错。虽然他的手极少与她相握，但在她需要时，那只手，便会及时出现，不差分毫。

她想她以前也许犯了一个错误。对初恋的平淡耿耿于怀，有什么用呢？其实，感情只是初恋的结果，而不应该是初恋的本身。

这只手，再一次让她，把心交出去。这一次，很彻底。

不断升级你的目标

认识两位学电脑的朋友，同一年毕业于同一所大学。工作之后，两人都不安于现状。有时和他们一起聊天，两个人，都发着怀才不遇的感叹。

第一位朋友常跟我说，他的唯一目标就是成为比尔·盖茨。他买来所有有关比尔·盖茨的书籍，阅读所有有关比尔·盖茨的报道，他早出晚归，寻着所有可能变成比尔·盖茨的机遇。他常常告诉我，为了实现这个人生目标，他可以抛弃一切。

第二位朋友的目标，则低很多。他所就职的公司对面有一家很小的电脑店，他说，开这样一间店，他就满足了。一年后，他真的辞职了，开了一间这样的小店。由于善于经营，他的生意很是红火。

再凑在一起聊天时，第一位朋友仍然要不顾一切变成比尔·盖茨；第二位朋友则把目标变得稍高了一些。他说，如果能把这个小店变成一家小的公司，他就真的满足了。

又一年过去，第一位朋友已经被成为比尔·盖茨这个宏伟的目标压得透不过气来；而第二个朋友，果真把那家小店，变成了一个公司。

现在，我的第一位朋友仍然在从前的公司里打工，仍然看有关比尔·盖茨的书，听比尔·盖茨的消息，寻找成为比尔·盖茨的捷径；而我的第二位朋友，已经开始考虑开连锁店了。

显然，第一位朋友把他的目标定得实在高不可攀了。并不是说，他不可能变成比尔·盖茨，而是当一个目标太过遥远，那么，他就觉察不到自己的进步。或许，终有一天，他会无奈地放弃。

第二位朋友无疑是聪明的——目标就在不远的眼前，自己迈出最微小的一步，都可以感觉到在向目标靠拢。当达到这个目标后，他又会把下一个目标仍然定在不远的眼前。事实上，这也是一种信心的积累。

越是遥远和高不可攀的目标，越容易摧毁一个人的信心。而把目标定得低一些，你会发现，成功不过是明天的事。

当然，前提是，在每一个阶段，你都要不断升级自己的目标。

不要站错你的队伍

一位年轻人找到一位智者，向他诉说自己的苦恼。

"我是一位作家，"年轻人说，"我的作品虽然比不过鲁迅，比不过莎士比亚、泰戈尔、卡夫卡、卡尔维诺，但是我相信，我的作品还是非常优秀的。我出过很多书，得过很多奖。我自认为可以挽救人的灵魂，导人从善。可是为什么，似乎总是有人在排斥我、挤对我呢？"

"哦？"智者问他，"哪些人在排斥你？"

"如果是作家同行们，也便罢了，这说明我的作品还不够好。"年轻人说，"可是排斥我的都是与文学毫无关系的人，比如商人、农民、警察、白领……"

"何以证明他们排斥你？"

"比如说，我去参加一个商人的聚会。当轮到我发言时，我就会跟他们探讨文学、探讨小说，这时候他们就会说，哦，文学！文学有什么用呢？小说有什么用呢？作家又有什么用呢？能促进贸易吗？能解决经济危机吗？再比如，我去到田头，跟那些农民们闲聊。当不小心聊到文学，他们就会摇着头说，哦，又是文学！文学有什么用呢？能吃吗？能穿吗？能改善生活吗？能灌溉庄稼吗？"

"就是说他们不但对你毫无兴趣，甚至会反感你的存在？"

"正是这样。"年轻人说，"因为这些，我很苦恼。"

智者想了想，说："现在，你跟我来。"

智者把年轻人带到一个花坛前。花坛里开满了红黄相间的郁金香，芳香四溢。智者指了指花坛一角，问年轻人："那是什么？"

年轻人看了看，皱皱眉头说那是一棵草。

"你说得很对，"智者走过去，弯腰将它拔掉，"这的确是一棵大煞风景的杂草。"

然后，智者对年轻人说："现在，请再跟我来。"

这次他们来到一块田地前。田里生长着绿油油的庄稼，生机勃勃。智者指了指田地的一角，问年轻人："那又是什么？"

年轻人看了看，再一次皱皱眉头说那也是一棵草。

"你说得很对，"智者走过去，弯腰将它拔掉，"这的确是一棵与庄稼争抢养分的杂草。"

"可是您到底想告诉我什么呢？"年轻人有些不解。

"我想告诉你的是，其实，刚才我们在花坛里看到的并不是一棵草，它只是一棵瘦弱的庄稼；同样，我们在庄稼地里看到的也不是一棵草，它只是一株没有开花的郁金香。"智者笑着说，"之所以我们会认为它们是草，会认为它们毫无用处，甚至讨厌它们，不允许它们长在那里，只因为它们长错了地方，站错了位置。所以，它们首先会受到排斥，然后会被除掉……"

"您是说，人们排斥我，只因为我站错了队伍？"年轻人恍然大悟。

"正是这样。"智者摊开两手，说，"道不同不相为谋。不要站错你的队伍，是你事业成功的前提，也是最最简单的人生智慧啊！"

父亲的粮食

　　男人穿着打了补丁的布鞋，面无表情。他勾腰坐在那堆粮食旁边，那是一小堆已经发霉的玉米。男人贪婪地吮吸着玉米的香气，鼻子翕动着，眼睛眯成一线。然后，他站起来，朝那堆玉米轻轻踢出两脚。他的动作小心翼翼，似乎生怕惊动了玉米。他转身往外走，用两把巨大的铜锁锁紧粮库大门。男人走进紫红色的绚丽晚霞中，走向自己的家。他面无表情，步履轻盈。钥匙挂在他的屁股上，"哗郎哗郎"地响。

　　三年自然灾害，老鼠们饿死了很多。男人守着美好的粮食，一家三口却瘦骨嶙峋。五岁的儿子就像垂暮的老人，每天倚着墙角，昏昏沉沉地睡着，醒来，看一眼太阳，袖了手，再昏昏沉沉地睡去。他梦到大米白饭，梦到滴着油花的肥肉，涎水打湿了下巴。然后他被母亲唤醒，母亲手里紧攥着一朵娇嫩的月季花苞。甜的呢。她把花苞塞给儿子，说。儿子接过来，塞进嘴里去嚼，果真嚼出甜丝丝的味道。他盯着自己的肚皮，将它想象成一个圆溜溜的西瓜——他几乎可以见到瓜皮下面浅绿色的蠕动的空空荡荡的肠子。

　　男人走在路上，步子开始飘忽。身边是一条河，河边蜷缩着奄奄一息的老人。老人不说话，只向他伸出干枯的手。男人停下来，说，我也没吃的。老人抱住他的腿，下巴哆嗦着，牙床上悬挂着一颗摇摆不定的牙齿。老人宽大的皮肤披在一堆枯骨上。老人似乎真的是一堆勉强拼凑起来的枯骨。男人皱皱眉，挣脱老人的手。男人走出很远，回头，摊开手说，我也没吃的。

男人迈进院子，掩门，闩上。他在院子里坐下，表情即刻变得痛苦。他脱下布鞋，伸开手掌，将布鞋倒过来，轻轻地磕。他笑了，他的手掌上多出几粒或者十几粒玉米。玉米在红彤彤的晚霞里闪烁出金灿灿的光芒，那是世界上最迷人的光泽和最动人的颜色。未及男人将另一只鞋子脱下，他的妻儿已经围了上来。女人看着男人掌心上的玉米和脚心上的血泡，轻轻抹着眼睛。儿子低了头，盯着父亲的鞋子，嘴巴轻轻翕动。苞米，大楂子粥。他拖着鼻涕，咽一口唾沫，说。

男人将三十几粒或者二十几粒或者十几粒甚至不过几粒金贵的玉米用水清洗干净，谨慎地捣碎，交给女人。女人将那点可怜的玉米楂子捏进锅里，添上水，盖好锅盖，坐在灶前烧起了火。火光在女人的脸膛上闪烁跳跃，让女人的苦瓜脸有了生动的表情。白色的水汽从锅盖的缝隙喷射而出，儿子将脸凑上前去，又烫得缩了脖子。水汽湿了他的头发和脸颊，嘴唇和睫毛，他踮起脚趴在灶沿，盼望着一碗能够照出影子的稀粥。

一家三口围着桌子，喝粥的声音震天响。女人说如果你早些这样做，或许大狗就不会饿死了。男人不说话，放了筷子，坐到院子里抽烟。那根本不是烟，那是晒干搓碎的辣椒叶。男人猛地吞一口烟，被呛出眼泪。他不是贼，可是他还是对那堆粮食下手了——确切说是下脚，结果都是一样。镇上响应号召留作备战用的粮食，是他能吃的吗？那可怜的一小堆玉米即使丢失一粒，也会被别人发觉吧？可是怎么办呢？他知道，观音土并不能让他的妻儿熬过这个残酷的季节。

每天回家，男人的鞋子里都能倒出三十几粒二十几粒十几粒甚至几粒金贵的粮食：玉米、小麦、高粱、黄豆、大米、豌豆……粮库离家大约四里远，他硬撑着一脚水泡血泡，走得昂首挺胸，步伐稳健。然后，他的女人和儿子，便有了一碗稀粥。那样的年月里，他的破旧的布鞋是一家人的希望。唯一的希望。他推开门，就笑了。他的笑幸福并且哀伤。

　　苦难即将过去，男人却跌进冰河。也许他饿晕了，也许他的脚疼痛难忍。跌进冰河的瞬间他喊了儿子的名字，喊了女人的名字。声音在世间戛然而止，捞他出来时，男人就像发过的笋。女人一直在哭，从早晨直到黄昏。她说是粮食害了他，是粮食害了他啊！女人颤抖着身体，声音灰白苍凉，凄厉凄惨，当当地砸着每一位在场的村人……

给他们一个机会

朋友资助一个贫困山区的孩子已有几年。但是近来朋友说，他很不快乐。问他为什么，他说他了解到那个孩子的近况并不乐观——据说他经常在课堂上调皮捣乱，学习一点儿都不刻苦。

可是你当初资助他，就一定想让他在学业上有所成就吗？我问。

那倒不是，朋友说，当初我只是看他可怜。

那不就对了？我说，你只是看他可怜才资助他，而他在你的资助下有书读有学上，等于你的资助已经有了回报。至于他的功课好不好，学习用不用功，应该是他自己和他父母的事情吧？

我在想还要不要继续资助他。朋友说，他的事情真的让我很不快乐。

可是你应该快乐的。我说，资助已经构成了快乐的本身，这种快乐不应该再加上别的任何条件——既然你资助了他，那你就不应该对他再有别的附加要求，否则你的资助，便和要求回报的有什么不同呢？

可是我要求的回报只有成绩啊！朋友说，如果他真的不好好读书，我的那些钱岂不打了水漂？

我对他说，你的那些钱永远不会打水漂。其一，他的调皮捣乱不求上进也许是暂时的，你知道，几乎每个人在孩童时期都会调皮好动，当然也包括曾经的我们；其二，即使他真的在学业上没做出任何成绩，那么，你还给了他一个可以回忆的童年，可以走进校园、结识同学和老师的童年；其三，就算他最终还是因为种种原因而辍学，那么，最起码，你还给了他一个机会，一个可以和别的孩子同样走进教室捧起书本学习知识的机会。你认为你的钱会打了水漂吗？相信我，一分钱都不会浪费。

最终朋友还是听从了我的劝告，仍然定期给那个孩子寄钱，资助他读书。朋友说如果那个孩子能够读到大学，那么，他会一直资助到他大学毕业的那一天。朋友说，我说得没错，给那些贫穷的孩子的一个机会，对于资助他们的人来说，已经足够了。

拿出一点点钱，就给了别人一个成就自我的机会。还有什么理由不快乐呢？

给一堵墙让路

比如你正往前走，比如前面有一堵墙。

你当然不是无坚不摧的终结者战士，更不是能够穿墙而过的崂山道士，假如你迎着这堵墙一直走下去，只能被碰得头破血流。于是你停下来，你想到几种方案：一，你可以找来一个锤头，将这面墙砸开；二，你可以叫来一辆推土机，将这面墙推倒。当然，这都可以。可是当墙被砸开或被推倒，你才突然想起：原来，你的目的并不在这堵墙，而是为了赶路。

是的，其实只为赶路，那么你完全可以绕开这堵墙。

有些困难，是可以绕开的。就像墙，墙不会移动，不会时刻跟着你，你绕开它，很快，它会被你甩在身后。你会发现，之于墙，你给它让路，它马上还你一条路。

有时候我们被一些困难折磨，我们无力解决，身心疲惫，那么为什么，不试着绕开它？绕开它，困难就不存在了，它被远远地甩在身后。而它还给你的，仍是一条路。

水为什么能够达到目的，直指大海？就因为，它能巧妙地避开所有的障碍。

　　我们，也可以。

　　生活中应该学会让路。应该学会，给一堵墙让路。

不经意改变别人一生

体育场门口，聚集着很多索要签名的男孩。他们的目标是一位叫作保罗的球星，他是国足的中场灵魂。他们拿着签名本，捧着球衣，抱着足球，望眼欲穿。国家队要在这里进行一场友谊赛，今天是他们的赛前训练日。这是男孩们梦寐以求的机会。

保罗走过来了。他很有礼貌地冲男孩们微笑，不厌其烦地给他们签名。他签名的速度很快，几个字母流畅地连成华丽的图案。可是时间很紧，他只能匆匆签完几个。教练和队友们在喊他了，他一边走向球场，一边向没有得到签名的男孩们说抱歉。

保罗来到球场上训练。队友把球传过来，他高高跃起。落地时他的脚扭了一下，不重，却很痛。他不得不走到场边，接受队医的检查和治疗。

突然他想起那些失望的男孩。他对队医说，如果有时间，麻烦您去球场外看看那些男孩还在不在。如果他们愿意，我想把他们的签名本、球衣或者足球拿回我的宿舍给他们签名。明天再找人还给他们……我想他们应该很棒。

一会儿队医回来，带给他一只足球。他说外面只剩下这个男孩了，知道你答应给他签名，男孩很高兴。

那天保罗在宿舍里，在这个男孩的足球上签了自己的名字。

十几年以后，保罗退役了。挂靴后的他并没有告别绿茵场，而是成为一名优秀的足球教练。他在全国各地不停地挑选球员，某一天，一位小伙子突然闯进他的视野。

那是一位在低级别联赛效力的球员，身材矮小，其貌不扬。可是他的盘带如行云流水，他的过人令人眼花缭乱，他的射门势大力沉，他的表情顽强并且自信。他在球场上表现出对于足球卓越并独特的理解，保罗果断地将他招至麾下。很快，在一场重要比赛中，这位小伙子独中三元，帮助球队取得胜利。他一战成名，光芒四射。

可是保罗听别人说，在这之前，他的职业生涯并不顺利，甚至有几次，竟然有放弃踢球的打算。那天保罗问他，是什么力量，让你一直坚持下来？

小伙子说，因为您。因为您的签名。您和您的签名，改变了我的一生。

经过他的再三提醒，保罗才想起很多年前的那件事。可是他搞不明白，不过一个签名，怎么能改变一个人的一生呢？

小伙子说，那时我是校队中球踢得最差的一个。那天没有得到您的签名，我很伤心，站在那里哭泣。后来您的队医转告我，您可以帮我签名……您还说我很棒。第二天，我果真得到了您的签名。一直以来，每当我想放弃的时候，我就想起您说的那句话：你很棒。再看看您的签名，我就坚持下来了。

保罗努力回忆——可是他的话本来是"我想他们应该很棒"。很明显，队医在接过男孩足球的时候，将他的话改成了"你很棒"。也许他是有意这么说的，也许只是一种无意的误传。可是，就是这样一个签名，就是这样一句话，却改变了一个人的一生。

　　我们当然不是球星，更不是名人。只不过，我想，生活中，也许我们的某一个动作，或者某一句话，也能够改变某个人的一生吧？

不太远的距离

　　十分钟以前，他来到这个陌生的城市。走在街上，感觉两旁的摩天大厦向他倾斜和挤压，抬头看，它们果然在他的头顶上方对接。"只要相距不是太远，所有东西最终都会长到一起，"奶奶这样告诉他，"云彩，河流，高山，大树，花草，房子……还有人心。"

　　几年来他走过太多城市：大的，小的，冷的，热的，粗犷的，温婉的……它们无一例外，拥挤不堪。他从这个城市挤到那个城市，他喜欢这种感觉——如同一株野草挤进名贵的花盆，如同一条野狗挤进温暖的狗舍。

　　从出站口向前，左拐，再右拐，他遇到老人。老人缩在墙角，擎一个很大的搪瓷茶缸。老人抖着嘴唇，抖着茶缸，散在缸底的几枚硬币互相碰撞，叮当有声。在乡下，午后或者黄昏，他常常听到这种声音。叮当，叮当，声音从远处传来，慢悠悠飘进他的耳朵。直到离开故乡，他也不知道那到底是什么声音，究竟来自何方。声音有时让他平静，有时又令他恹恹欲睡。

　　老人绝非骗子。老人有着乡下人的肤色，乡下人的相貌，乡下人的表情，乡下人的气息。乡下人是有气息的——不管他们在城里混迹多少年，不管他们从事怎样与种地毫不相关的事情，他们也有着独特的乡下气息。那气息藏在皮肤中、肌肉中、血液中、骨头中，一生相伴。

他能闻出老人的乡下人气息。老人就像他的奶奶。

他掏出钱包，将几张零钞塞进老人的茶缸。他动作很小，他不想让老人难堪。他继续往前，左拐，再右拐，叮当声一路相随。他分辨不出那声音来自遥远的乡下，还是来自老人手里的搪瓷茶缸。

然后他就发现，钱包不见了。

钱包塞在牛仔裤的后口袋，那口袋一直被他扣得很紧。可是刚才，老人的表情让他忘记了口袋上的扣子。他甚至能够隐约回忆到小偷的模样——小偷轻碰他一下，迅速消失。他转身，往回走，试图找到小偷。他再一次走回老人的身边。老人的茶缸捧在手里，里面，他刚才塞进去的钞票已经不见。几枚硬币随着茶缸的抖动发出叮叮当当的声音，他突然开始后悔。

他后悔，不是因为他因此丢掉钱包，而是因为，那些钱已经被老人藏起来。老人藏起那几张钱，努力让自己变得更加卑微，更加可怜。老人的做法，令他伤心。

他想找到小偷，找回钱包。他在那几条路上来回走，来回走。他从清晨走到黄昏，他一无所获。他没吃早饭，没吃午饭，看样子，也不会有晚饭。以前的日子里，他曾多次忍受过饥饿，每一次，都令他刻骨铭心。现在饥饿感再一次袭来，铺天盖地，他有想哭的冲动。

他抬头，看看天空。摩天大厦在他的头顶上方挤在一起，就像两棵只能靠倚住对方才不会倒下的大树。他想起奶奶。奶奶说：只要相距不太远，所有的东西最终都会长到一起，云彩，河流，高山，大树，花草，房子……还有人心。

他靠近老人。他说："能不能给我……十块钱？"

老人的手猛地一抖。她似乎被吓了一跳。

"我的钱包丢了……我一天没吃东西。"他尽量将声音压低，"现在我想吃碗面……十块钱……五块钱也行。"

老人惊恐地捂住茶缸。里面，硬币叮当作响。

老人的表现让他有些生气。"刚才我给了您一些钱，"他说，"至少五六十块吧……现在我只想拿回五块……我想吃点东西。"

老人突然站起，跑起来。颤颤巍巍的老人竟然跑得很快，跑时，搪瓷缸里的硬币响成一片。响成一片的硬币有了虚假的数量，叮当声拥挤不堪。他愣了愣，上前两步，将老人摁倒在地。

"求求您，给我钱。"他说，"三块钱就行……我饿。"

"救命啊！"

"别喊。"他用一只手捂住老人的嘴，另一只手探进老人的口袋。"如果我的钱包不丢……"他摸到一张钞票。

"抢劫啊！"老人恐惧的声音顽强地挤过他的指缝，然后迅速变成利箭，射得到处都是。

他惊愕，骇惧，松开老人。扭头看，三个手持木棍的男人已经朝他跑来。他扔开老人，逃向街的拐角，手里，仍然紧捏着那张钞票。他听到叮叮当当的声音，他看到晨露、夕阳、草屋、土墙、街边的铁匠铺、田野里的油菜花、公园里的雕塑、抱成一团的两栋楼房……他想起奶奶的话。奶奶说：不太远的距离，所有的东西都会长到一起。包括人心。

他流下一滴眼泪。狂奔中，眼泪掉落地上，竟也叮当有声。

财富的回报

　　餐馆按什么收费？当然是按菜谱，按顾客的消费。也有些比较特殊的，比如法国的部分餐馆，就会把座位的位置考虑进去：靠里和靠窗的座位，收费就会适当提高一些。可是，你听说过按就餐时间进行收费的餐馆吗？

　　意大利就有一家这样的餐馆，老板是一位中年男人。据说他在经历了一段乱七八糟的青春，浪费了大把大把的时间后，某一天决定开始创业。他的公司经过几年的积累和成长，渐渐在同行中出类拔萃。他本人也从一个无所事事的浪荡公子，成为一名兢兢业业的实干家。这时候，他越来越感觉到时间的紧迫，他为自己从前所浪费掉的大把时间而痛心疾首。

　　中年男人每天在外面就餐。他发现，总是有很多人在餐桌旁把很多时间浪费掉。吃饭，仿佛成为人们浪费时间的堂而皇之的借口。于是他想，为什么不能开一家按就餐时间收费的餐馆呢？那样的话，人们在就餐的时候就会产生紧迫感，也许就不会在餐桌旁谈天说地，从而将时间毫不吝啬地浪费掉吧？久而久之，是不是每一个人的日常生活，都会形成一种惯性紧迫感呢？

　　一开始中年男人并没有对这个"时间餐馆"抱有太大的希望。他只是想，只要不亏本，或者哪怕少亏一点钱，能让餐馆的生意维持下去，能让就餐者的时间不至于白白消耗掉，他也算是为社会做了点善事。时间就是财富，他想，节省下来的时间，不也是给他人带来了一笔财富吗？

　　但他马上就发现，他的"时间餐馆"的生意竟出奇地好。虽然顾客的就餐时间缩短了，但顾客就餐的总次数却增加了，每天他的餐馆里总是人头攒动，营业额也直线攀升。他的餐馆很快就不能承受越来越多的前来就餐的顾客，于是他不得不一家接一家地开着连锁店。以至于到最后，他干脆停掉了其他的所有生意，专心经营自己的"时间餐馆"。现在，他已经成了那个城市中数一数二的富翁。

　　本来，他只是想给予人们一笔时间的财富，换来的，却是自己家产的殷实和事业的蒸蒸日上。

　　财富就是这样，你给予别人一滴，换来的，可能是整个海洋。

承　诺

　　当敌人突破最后一道防线，马克仍然抱着他的机枪。机枪早已打光最后一颗子弹，马克抱着它，就像抱着死去的妻子或者女儿。山姆对马克说，快扔掉枪！马克看看山姆，一手托枪，一手从裤角抽出匕首。匕首一寸宽，四寸长，柳叶形状，马克常用它来修理自己的指甲。匕首是马克最后的武器。

　　山姆从马克手里抢过匕首，扔出战壕。他听到敌人的脚步。山姆将他的步枪和马克的机枪一起托到手上，高举过头顶。他看到敌人的脸。山姆对马克说快举起手！似乎他是胜利者，似乎马克成为他的俘虏。

　　真正的敌人冲过来，枪口瞄准马克和山姆的脑袋。他们看着长官，枪口沉默着，眼睛里充满探询。山姆知道，他们恨不得用枪托将他和马克活活砸死。

　　他们也曾焚烧过敌人的村落，杀死过敌人的平民，抢掠过敌人的粮食。就像敌人也曾焚烧过他们的村落，杀死过他们的平民，抢掠过他们的粮食——战争中人性之恶攻城略池，无坚不摧；战争中人性之善丢盔弃甲，溃不成军——或许战争中，根本没有人性。

人非人。

人非人，才有战争。

可是不杀俘虏是战场的规矩，战争的法则。所以，选择投降，就等于为自己唯一的生命负责。

他和马克，成为他们仅存的两个活着的兵。

他们被带到长官面前，长官穿着高高的皮靴。此时的马克，正偷偷接近一具尸体。尸体压住一把刀子，竹叶形状，四寸长，一寸宽，闪着光辉。山姆认识那把刀子。那刀子属于扎伊，一名替部队打了十多年仗的老兵。

山姆咳嗽一声，狠狠瞪马克一眼。马克咬咬嘴唇，终将身体挺直。

现在我完全可以处决你们。长官对他们说，就像你们曾经处决我们的兄弟。

这不关我们的事情。山姆说，我们只是服从命令。

所以现在，你们有一个活命的机会。长官点起烟，说，只有一次机会，你们好好把握。

山姆看看马克，马克脸色苍白。

告诉我，你们把人质藏在哪里？长官看看山姆，又看看马克。

两个人低下头，不说话。

有没有杀死他们？长官盯住马克的眼睛。

没有。马克说。

那么，他们在哪里？长官喷出一口烟，掏出手枪。他盯住枪口，似乎在与枪口说话。

我不能说。马克瞅着自己的脚尖。

真不能？长官笑了。

不能。马克说。

枪就响了。长官的胳膊甚至没有抬起，长官的眼睛甚至没有离开枪口。他的手只是歪了一下，马克的太阳穴上便多出一个小洞。小洞里流出黑色的血，冒出灰色的烟雾，山姆闻到一股皮肉烧焦的淡淡香气。那香气令他双腿发软。他几乎想给长官跪下。

你知道吗？长官抬起眼，看看山姆，然后，再一次盯住他的枪口。

你得保证不杀死我。山姆的嘴唇开始颤抖。

当然。长官笑了，只要你肯告诉我，你们把人质藏在哪里。

战场上不能杀掉俘虏。可是刚才你杀死了马克……

你可真啰唆。长官开始抽第二根烟，如果你想和他一样，也可以选择闭嘴。

我可以告诉你，但是，请你放过我……

说吧。

我有妻子，有女儿，有父母。我与你们一样，被逼无奈，才来当兵……

说吧。

在后山山洞里。山洞的出口，在河边……

长官挥挥手，喊来十几个兵。他让他们沿着河边一直走，直到找到并且救出那些人质。然后，长官开始往枪膛里填子弹，他一边填着子弹一边命令山姆跪下，祈祷。

你说过不杀死我的。山姆扑通一声跪下，开始哭泣，你不能言而无信。

放心。长官笑，还没到时候。

然后，长官的电话响起。他对着电话嗯嗯几声，转回头，对山姆说，看来你的确没有骗我。你很诚实。

山姆说，饶了我。我有妻子……

长官说，兄弟，谢谢你。

山姆说，我还有女儿……

长官看看枪口，笑笑。他的手轻轻歪了一下，山姆的太阳穴上，便多出一个黑色的洞。

秤的权威

市场上买了五斤排骨，拎在手中，总觉得轻飘飘的，不够分量。让小贩再称一遍，却没有丝毫问题，甚至多出二两，于是心满意足地离开。

走出一小段，还是放心不下。换一小摊再称，五斤二两，千真万确。

再走，心中仍不踏实。于是一个小摊一个小摊称下去，五斤二两，五斤二两，五斤二两，数字准得像经过了统一校准。

心中一块石头，才算落了地。回家，老婆只一眼，说："这就是你买的五斤排骨？肯定不够。"

我说："不可能。我用尽了这个城市里所有的杆秤、台秤、弹簧秤。"老婆说："咱家的秤用过吗？"

马上拿了家中的称来称，乖乖，差了近一斤！

于是恍然大悟，原来那个市场上几乎所有的杆秤、台秤、弹簧秤，都是做了手脚的。小贩们的行为，原来是并肩作战。

从此，除了家中那杆秤，我谁都不信。

当欺骗行为变成团体作战，那么，他们就成了权威。

其实，这世上，又何止这些小贩如此？

处境与心境

某地一个煤矿塌方，五名矿工被困在井下。

他们被挤在一个很狭小的空间里，黑暗，潮湿，空气稀薄。好在那里有一个浅浅的水坑，水坑里大度地渗出些肮脏的淡水。这使得他们的生命，得以暂时延续。

五个人中，有一个是在井下工作了二十多年的老矿工，其余四人，全是刚下井时间不长的小伙子。已经挺过了两天，仍然没有会被搭救的迹象，他们开始绝望。尽管黑暗中谁也看不到别人的脸，但他们可以听到不断有人发出的绝望的叹息。当恐惧的时间抻长，就不再有恐惧。恐惧变成了更加可怕的绝望，好像所有人都在等待死亡。

突然，老矿工轻轻地咳了一声。

老矿工说，你们听说过十几年前的那次塌方吗？

四位小伙子当然听说过。那次塌方被很多人很多次地讲起。他们还知道，那次塌方死了很多人。

老矿工接着说，可是你们不知道吧，我是那次矿难的幸存者之一。

的确，他们不知道——他们很少和老矿工聊天。

那次，我熬过了八天。没有吃的，没有水，没有光。可是我还是熬过来了。知道我是怎么熬过来的吗？

老矿工感觉到黑暗中的四双眼睛，突然闪现出光芒。

是啊，你吃什么呢？有人问。

老矿工却不答。

会不会挖蚯蚓吃？……这里有蚯蚓吗？有人硬撑着站起来，点亮唯一的一盏矿灯。他在水洼边，真的挖出了几条蚯蚓。

水呢？有人问。

这不用管。有人回答，现在，我们不是有水吗？

就算你吃蚯蚓，可是你不害怕吗？又没有光……

这也不用管。又有人回答，我们现在还有一盏矿灯，我们幸运得多。

不管怎么说，这八天时间，也太漫长了吧？有人问，你都做些什么呢？只是躺在那里吗？

老矿工仍然不答。事实上，自从他抛出了一个问题后，就一直保持着沉默。

我们可以这样。有人建议，每人轮流讲故事，讲得有趣些。说不定这样可以让时间过得快一些。

于是他们开始讲故事。除了睡觉的时间，他们都在讲故事或者听故事。现在他们没有时间绝望，或者，他们为什么要绝望呢？有人在没有伙伴、没有食品、没有水、没有光的矿井下熬过了八天，现在这个人就在他们中间，为什么要绝望呢？

最终他们得救了，在被困在井下的第五天。当然，每个人都很虚弱。可是救援人员发现，当他们被救出时，每个人都很平静。从他们的脸上，看不到丝毫的恐惧、绝望，以及突然获救的无所适从。他们就像在那里等待一辆晚点的班车，现在，班车终于来了。

几天后，四个小伙子找到老矿工。他们要对老矿工表示感谢。他们说，假如没有你的经验，也许，我们都会死在深深的地下。

可是我没有给你们任何经验啊！老矿工说，除了轮到我讲故事，我不是一直都在沉默吗？其实，找蚯蚓，讲故事，给自己信心，不都是你们想出来的吗？你们应该感谢的，其实是你们自己啊！

四个小伙子想想，也是。不过他们对老矿工能独自一人在黑暗的井下挺过八天仍然赞叹不已。现在他们急于弄明白的是，这个老矿工，他是怎么熬过那八天的？

我根本没有经历过那次矿难。老矿工说，那几天我正在休假。在井下熬过八天，其实是我虚构出来的。

一个虚构出来的故事，将四个年轻人挽救。只因为，他们坚信，曾经还有比他们正在经历的更为可怕的灾难。有人从那样的灾难里挺了过来，并且这个人就在身边，这样的事实，给了他们无限的信心。

其实环境并没有改变。改变的，只是人的心境。

只要坚信还有比眼前更恶劣更可怕的处境，只要坚信有人曾经在那样的处境里挺过来，生活中，就不再有绝望。

跟困难"妥协"

常常看射箭比赛。

射手们眯眼，张弓，屏息，然后，嗖，离弦的箭划一道美妙的弧线，稳稳扎中了箭靶。

射中十环无疑是最完美的。但经验告诉我们，想射中十环，你只能将手中的弓和箭抬高，瞄准十环上面的位置。比如六环、四环、两环，甚至箭靶以外。为什么？因为有了地球引力，射出的箭无一例外会慢慢下坠。假如你硬要瞄准十环，哪怕你瞄得再准，你射中的也是十环以下的位置：六环、四环、两环，甚至脱靶。

所有的箭手都必须抬高自己的弓和箭，瞄准靶心以外。这是好成绩的保证，成功的保证。

假如箭有生命，假如它被射出的那一刻成为它的诞生，假如十环代表它的终极目标，那么，我想，箭们也会刻意将自己射偏，然后经过一个弧的旅程，抵达靶心——过程是次要的，结果定输赢。

对箭和箭手来说，地球引力无疑是他们所遇到的最大困难。无论多么勇敢的箭，无论多么高明的箭手，这个困难，他们既克服不了，也无法回避。所以，只能够"妥协"。虽然引力还在，但箭偏离一下位置，改变一下轨迹，延长一下旅途，从而，能够正中靶心。

"妥协"不是"缴械"，"妥协"是主动的，是以最终的成功为目的的；"缴械"则是被动的，是对失败的无奈接受，是完全放弃了抵抗。

其实生活中，在很多时候，我们完全可以尝试一下对困难"妥协"。只需暂时偏离一下你的人生位置，改变一下你的生活轨迹，延长一下你的拼搏路程，你会发现，虽然你划了一道比直线长得多的弧线，但同样可以成功。

所谓"妥协"，其实，是应对困难的一种方式，一种看似被动的方式。

忽略的，在意的

　　整整一天，女人闷闷不乐。这种状态从昨天晚上一直维持到现在，女人对男人，已经不抱任何希望。她想这么重要的日子男人怎么会忘掉呢？他可以忘掉自己的生日，忘掉她的生日，甚至忘掉儿子的生日，但唯独不可以忘掉如此重要的日子——几年前的今天，她与他喜结良缘，从此生活在同一个屋檐下，世界上有比这更浪漫的事情吗？有比这更重要的事情吗？可是她的男人，竟然无动于衷。

　　昨天晚上她就提醒过男人。她说你不觉得明天有些特别吗？愚钝的男人想了想，说可能会变天？女人说明天是什么日子？男人再想想，说哪家商场大酬宾？女人扭了头，气嘟嘟不理他。她想他怎么可以这样？平时大大咧咧也就罢了，可是结婚纪念日怎么会忽略呢？刚结婚的头几年，男人还记得这个日子，逢这天，必买一枝玫瑰送给女人，可是几年过去，男人手上的那枝红玫瑰，就变成一捆物美价廉的寿光大葱，卿卿我我的情话更是全都抛到了"爪哇国"。女人这样想着，心里竟有些愤恨，叹自己婚前头脑发热，竟然毫不犹豫地嫁给了这个不解风情的男人。

　　女人走出公司，才知外面已经变天。地上铺了薄薄一层积雪，又起了风，雪花们打着旋儿，直扑女人的脸。天气奇冷，寒风扎进皮肤，扎进骨头，千牙万齿，一点一点地啃。

女人抱住双肩，打两个寒战。家离公司并不远，可是就这样走回家的话，女人想，一场感冒怕是注定逃不掉了。说不定，还会摔几个结结实实的跟头。

忽然，远远地，女人看见雪地里走来一个模糊的影子。那影子高高大大，走得很快。女人就笑了。她知道那是男人。只凭一个模糊的影子她就能够准确地将她的男人同别的男人区分开来。她知道男人接她来了，带了伞，或许还带了一件大衣。

果然，一分钟以后，男人站到她的面前。男人围了很厚的围巾，抱了很厚的上衣，戴了很厚的帽子，头发眉毛全都变成了白色——如同从天而降的圣诞老人。

帮女人穿上大衣，系上围巾，戴上帽子，男人嘿嘿笑着，说这么冷的天，这么大的雪，知道你不好往家走，来接你。女人说没这么夸张吧，别人看见会笑话咱们的。男人说谁会笑话呢？变了天，丈夫来接他的妻子，不是很正常吗？女人不再说话，揽过男人的胳膊，陪男人一起往家走。

路上女人一直在想，在意结婚纪念日，早早地为她买一枝玫瑰花重要呢？还是在意她怕她冷怕她感冒，从家里带了大衣过来接她重要呢？前者无疑是浪漫的，是讨她喜欢的，却不过是一种形式；后者才是现实的，既能够表达男人对她的爱恋，又能够给她从身体到内心的温暖。那么，木讷愚钝的男人，其实也并不那么可恨吧？他忽略的是形式，在意的是内容；忽略的是浪漫，在意的是呵护。其实，结婚纪念日与千百个普通的日子没什么不同吧？只要他真的对她好，只要他真的在意她，呵护她，那么，生活里的每一天，都可以当成结婚纪念日吧？

而回到家，女人却惊喜地发现，茶几上的梅瓶里竟然插着一枝娇艳欲滴的玫瑰花苞！女人乐了，说，我还以为你真的忘记了。男人说我的确真的忘记了。不过，就在一个小时以前，当我翻看日历的时候，发现了你写在上面的记号……其实很简单，如果我忘记了，你提醒我一下，不就行了吗？

女人只剩下笑。她想还真是这样呢！自己一个人生闷气，有些太傻太天真了吧。

骆驼刺

　　大漠的边缘，挣扎着长出他们的土屋。那么瘦，那么小，歪歪斜斜着，迎着烈日黄沙，更像一棵长在那里的骆驼刺。事实上他们真的栽了一棵骆驼刺。男人从大漠深处挖回来，栽进一只废旧的大缸。他对女人说骆驼刺好栽，一两个月浇一次水就行。到初夏，就会开出鹅黄色小花。那时，咱们的屋子，也被染成暖暖的鹅黄色了。

　　大漠里风大，一年两次，一次半年。经常，早晨起来，门就推不开了。男人从窗口跳出去，拿着铁锹，清理试图掩埋他们的黄沙。那时女人倚在窗口，看近处汗流浃背的男人，看远处稀稀落落的胡杨树和沙拐枣，看窗前那棵骆驼刺。她说骆驼刺会开花吗？她说某一天，这沙会埋了我们的家吗？男人停下铁锹，抬起头，他说会开花，不会埋掉。男人的话总是简洁利索，纯粹且底气十足。

　　男人的工作，在大漠。跟随男人的，有女人，有家，有他们的爱情。虽然男人回家的时间飘忽不定，女人却总有办法在男人推开门时，恰好把热饭热菜端上桌。其实大漠边缘的土屋并不孤单，就在他们不远处，还住着男人的同事。可是女人总觉得浑浑天地间只剩下她和男人，只剩下他们相依为命的爱情。男人说，他们的爱情，就像那棵骆驼刺，耐干耐旱。不必悉心照料，甚至半年不浇水，也不会干枯，照样茁壮。

骆驼刺年年开花。那时他们的家，真的被染成温暖的鹅黄。爱情——骆驼刺，他们融合了两个毫不相干的单词。

后来他们回到了城市。他们舍弃掉大漠里的一切，只带回那棵骆驼刺。骆驼刺被男人摆在阳台，与他们宽敞明亮的房子，与他们一丝不苟的摆设，极不协调。女人说要不要丢掉它，换棵巴西木？男人说不要，留着。这棵骆驼刺，见证了那段最艰难的日子，以及我们相依为命的爱情。

不再有黄沙掩埋他们的房子。男人起了床，穿着睡衣，慵懒地翻看着报纸。女人倚在窗口，看熙熙攘攘的人流，看繁华湿润的街道，看淡蓝潋滟的人工湖。她知道遥远的地方有大漠，有风沙，有稀疏的沙拐枣、假木贼和胡杨树，有生长在沙丘上的骆驼刺。她注视着阳台上的骆驼刺。它正开着无精打采的淡黄色小花。这棵骆驼刺，已经彻底归属了城市。

男人越来越忙。他不再需要搬动挡住屋门的沙丘，却远比搬动沙丘忙碌百倍。后来女人也有了工作，也变得忙碌。他们的交流越来越少，有时好几天，都说不了几句话。女人不再盼着男人回来，不再把两个人共同的晚餐，当成一天的全部。很多时候，男人推开家门，女人正守着电视，看得眉开眼笑。没关系。城市中，只需一个电话，只需五分钟，便会有人送来温热可口的饭菜。城市与大漠的区别，就是把人变得慵懒，把一切变得淡漠。

尽管男人仍然深爱着女人，尽管女人仍然深爱着男人，可是他们好像真的不再需要那些缠绵的情话了。他们照料着自己的工作，照料着各种各样的人际关系，照料着城市里的一切，却不再照料他们的爱情。城市里有无数个女人和男人，有无数个女人和男人的爱情，这里不是大漠，他们还有他们的爱情全都微不足道。

也包括那棵骆驼刺，也包括那些无精打采的鹅黄色小花。好像，缤纷多彩的室内装潢，并不需要那些花儿的点缀。

那天女人在阳台，忽然发现骆驼刺开始干枯。它像一株即将脱水的标本，每一根变成细刺的叶子都开始枯萎发黄。女人被自己的发现吓了一跳。她一下子想到了他们的爱情。

女人冲向厨房。她接了满满一盆水，一滴不剩地浇给了骆驼刺。

女人给男人打电话。已是深夜，男人还在外面应酬。男人说有事吗？女人说，骆驼刺要枯了。她能感觉到男人在那边愣住了。也许男人在想，这么耐旱的骆驼刺，竟然也会干枯？难道三四个月来，他和女人，没有给那棵骆驼刺浇一点点水？男人沉默了很久，说，知道了。然后放下电话。

放下电话的男人，推开了身边的事，赶回了家。

男人坐在沙发上，低头不语。也许他感到一种恐惧，也许只是伤感。女人说我们怎么会这么忙。女人说我们怎么会连给骆驼刺浇点水的时间也没有。女人说你曾经说过，骆驼刺就像我们耐干耐旱的爱情，几个月不浇水，照样茂盛。女人说可是今天如果不是无意中发现，那棵骆驼刺可能真的要枯死了。女人说不浇水的爱情，会不会枯萎？女人的眼角开始湿润，一滴泪终于顽强地盈出。

男人吻了她。男人说，做饭吧，我们。

几个月来，他们头一次在家里做饭。厨房里竟然积满了灰尘。仔细看，灶台上甚至盖着一层极细小的沙粒。原来，城市里，竟也有风沙的。

女人抹着灶台的灰尘。她说骆驼刺明年会开花吗？她说某一天，这些沙会埋掉我们的家吗？男人停下手里的活，抬起头。他说会开花，不会埋掉。男人的话再一次变得简洁利索，纯粹且底气十足。

那夜女人不停地去看她的骆驼刺。仿佛那些刚刚喝足水的枝枝刺刺已经开始泛绿。于是女人笑了。她梦见了大漠，梦见了漫天的黄沙，梦见了在大漠里挣扎的歪歪斜斜的土屋。她看见风沙正在湮灭一切，可是她躺在鹅黄色的温暖的土屋里，枕着男人的胳膊，睡得安静、踏实。

没有成就的成就感

　　成功地为家里交上电费，你会有成就感吗？可是冬奥会冠军杨扬说，那一刻，她"成就感极其强烈"。

　　从中央电视台奥运频道看到记者对杨扬的采访——杨扬退役以后，过起普通人的生活。可是常年在集训队训练的她，竟然连交水费交电费这类简单的事情都不会做。她不懂什么自动交款机，不知该去哪个银行。冰场上叱咤风云的杨扬，生活中却如同一个懵懂的孩子。于是，当用了整整一天时间终于交上了电费，她就有了我们所不可能体验到的成就感。

　　即使是在回忆，当跟主持人谈到这件事时，杨扬的表情也依然带着兴奋，眼睛也在突然之间变得很亮。我想杨扬可能是一个很容易满足的人——一点点成绩，都会让她很是满足，然后，在这个基础之上，寻求更大的突破。

　　交电费是这样，运动场上，也是这样。

　　成就感是一种非常美妙的感觉，它代表着时间和精力所换来的对于结果的满足。有了成就感，你才会认为自己所做的事情有价值，才有了继续做下去的动力。别人的鼓励固然重要，但很多时候，起到决定性作用的，其实是自己的鼓励和暗示——成就感无疑就是最好的鼓励和暗示。

更重要的是，成就感可以带来快乐。

认识一位老人，他没什么大的嗜好，唯独喜养兰花。屋子里，院子里，全都是各种各样的兰花。别的老人喜欢遛鸟遛狗，这位老人遛兰。搬一两盆兰花到路边，老人坐在旁边的小板凳上，笑眯眯地看。遇到有路人感兴趣，老人就会告诉路人，什么样的兰喜阴，什么样的兰喜涝，等等，滔滔不绝如数家珍。老人把他的兰花视为宝贝，某一株兰花长出一片新叶或打出一个花苞，都能让老人高兴整整一天。

老人笑着说，看自己的兰花抽出新叶，鼓出花苞，就很有成就感呢。

比如杨扬，比如老人，他们的成就感的来源在我们看来，实在不能算作什么成就。

其实，成就感只是一种满足，一种快乐，一种心境，一种对于人生的态度——把要求降低一些，生活中就多了成就感，当然也就多了激励，多了快乐，多了一种做人的智慧。

沂源行

自打算要去沂源，一些记忆便浮现出来。

上一次去沂源，还是十七年以前的事情。那时沂源更像一个小镇，平房很多，汽车站的公共汽车也很少。似乎那时沂源的苹果也并非特别有名，否则的话，我对于沂源的美食记忆，绝不会只剩下盐渍香椿。

那时朋友打理着一间小店，午饭都会在店里吃。她饭盒里的菜花样百出，唯一不变的，就是几根盐渍香椿。做法很简单：一根长长的香椿叶，用盐腌上，过些日子，便可以当菜下饭。

朋友问我，吃过香椿吗？我说，我们胶东也吃，但多是凉拌香椿或者香椿炒鸡蛋。像盐渍这种简单到敷衍的做法，闻所未闻。朋友说，那尝尝？就尝了一口。稍咸，稍涩，复杂的香，一点点的苦。总之那是一种饱满并且复杂的味道，与我之前所食的香椿大不相同。后来想，之所以有那样的复杂味道，只因做法的简单。越简单，越纯粹；越纯粹，越饱满。几根腌香椿，便品出了老百姓最朴素的生活哲理。

从此对沂源便有了更深一层的好感。

自从离开沂源，就再也没有回去。但这些年，每每从报刊、电视和网络上看到有关沂源的信息，都会忍不住留意一番。想，再去沂源，一定要去看看牛郎织女洞，看看溶洞，啃一个"沂源红苹果"，尝一尝真正的"沂源全羊"。可是因生活所迫，每天活得像一头上了套的驴子，多少年过去，想法仍然只是想法。

所以，自打算重去沂源的那一天起，心里就充满期盼。

朋友亲自驱车来淄博接我。正是苹果成熟的季节，公路两旁，处处可见挑满枝头的"沂源红"。车行至一处，见路边挤满出售苹果的小摊，停车，买上几斤，用手擦擦，便可以吃。卖苹果的老农告诉我们，他种的所有苹果都没有打农药，纯绿色无公害，放心吃就是。苹果很脆，甘甜，爽口，水分充足。加之喜庆的红色，一路疲劳，顿时不再。

去沂源，不可不去溶洞。溶洞很大，很深，时而举步维艰，时而豁然开朗，那果是一个神奇的地下世界。奇形怪状的石笋和石钟乳多有一个好听的名字："孙悟空""鲁迅""八仙过海""九龙盘"……问导游，为什么不做一个大主题？比如"天宫""地宫""水浒""三国"……导游告诉我，也曾有过这样的想法，只是溶洞里的石笋和石钟乳实在太多，一个主题根本涵盖不过来。便想，也对。历经沧桑所形成的庞大的溶洞群，如何能够用"天宫""地宫""水浒""三国"等这些涵盖得过来呢？果真如此的话，便辜负了这溶洞，太显单薄了。

离开溶洞，行车不远，就是沂源县城。沂源又叫南麻，据说是因为从前的沂源人在这里种了大量的麻。麻为衣，苹果为食——极擅种植的沂源人，将最基本的衣食需求，发展成了沂源的产业与名片。沂源人的聪明智慧，由此可见一斑。

晚宴谈不上奢华，却很精致。羊肉自然必不可少，那种纯粹的鲜美，很难用语言表达。席间朋友们逐一向我敬酒，那是一种真正的发自内心的真诚，绝非客套。品着美味的羊肉，喝着醇厚的美酒，与朋友无所顾忌地畅谈，所谓快意人生，不过如此。

我来沂源，自然不只为溶洞和羊肉。文学让我有幸认识了很多沂源的朋友，那天夜里，我们谈论文学，只觉夜短情长。第二天，在作协郝主席、朋友宋兄和几个文友的安排下，我又有幸参加了沂源的苹果节。当然，这一切也与文学有关。

　　是这样。是文学和文学挚友让我再次来到沂源。或许，也只有文学和那些文学挚友，能够让我下决心再一次来到沂源。

　　最让我感兴趣的并非苹果节上的节目表演，也并非政府拿出巨资奖励几个果农，而是举办苹果节的那个广场。广场不大，却处处体现了苹果元素：比如雕塑，比如舞台……就连公共洗手间都是苹果造型。看来，不仅吃苦耐劳是沂源人，有大智慧、注重细节的，同样是沂源人。

　　但事实上，老天并没有赐给沂源人太优越的地理环境。青山绿水的另一层意思是地处偏僻；种麻栽树的另一层意思是土地并不肥沃。但是，沂源人正是将这些不好的变成好的，将好的变成更好的。这并不容易，但会让人快乐。

　　我想起多年前沂源留给我的有关盐渍香椿的记忆：微苦，微涩，微咸。慢慢回味，纯粹并且复杂的香。这不正是沂源人的品质吗？当然，沂源人的品质还有真挚与热情——这就更像沂源红苹果了。

　　苹果也叫幸福果。我相信生活在这青山绿水间的人们，必定是幸福的。

　　因行程很短，我所向往的牛郎织女洞终于未能成行，心中自是稍有遗憾。返回淄博的公共汽车上，见前面坐着一对中年男女，女人也许累了，倚在男人肩上，竟踏实地熟睡过去。于是，我看到，男人轻揽着女人的肩膀，尽量保持着一种让女人睡得舒服的姿势，整整一个半小时，没有动。

　　我的心，蓦然间变得柔软起来。想，这该是沂源人的另一个品质了。勤劳、智慧、纯粹、真挚和热情之外的另一种品质，一种深藏于内心的品质——柔软。这是沂源人的品质，也是沂源的品质，地域的品质。

假如没有这品质，沂源照样美，照样让人留恋，但也许不会动人。因了这动人的品质，沂源注定会让我在以后的日子里，魂牵梦绕。

想，有汽车上这样动人的细节，没有去成牛郎织女洞，也就无所谓了吧。

哪是"朱"，何为"墨"

"近朱者赤，近墨者黑。"你非刀枪不入的战士，你必然会受到濡染。

因为惧怕"近墨者黑"，所以孟母选择了三迁；因为坚持"近朱者赤"，所以保罗·艾伦成为微软公司的联合创始人。我们当然深知"近朱者赤"和"近墨者黑"的道理，我们当然幻想自己能够离"墨"而近"朱"。问题是，我们如何来辨别"朱"与"墨"？它们有没有一个统一固定的标准？到底哪是"朱"，到底何为"墨"？

其实，"朱"与"墨"，对不同的人，肯定有着不同的标准。假如孟子是一位刀客，那么，与屠夫为邻，或许可以学到失传已久的刀法；假如保罗·艾伦是一位诗人，那么，跟定比尔·盖茨，无疑会是人生中最大的败笔。"朱"与"墨"并不是红与黑这样简单，它的标准绝不是统一的，更不是固定不变的。你不会有一个直观的鉴别它们的办法，它们的脑门上更没有贴上标签告诉你是否适合你来接近并接受濡染。

我们没有办法选择自己的出生地或者家世，但是我们却可以选择"近"的对象。问题是我们常常莫名其妙地选错，我们会把"朱"错当成"墨"或者把"墨"错当成"朱"，这才是真正可怕之处。

因为我们往往会做出一个错误的判断，然后由这个判断来决定交友圈子甚至人生的最终价值取向。所以，我们中的绝大多数人，既成不了孟子，也成不了保罗·艾伦。

　　正确地分辨出适合你接近的"朱"和你必须远离的"墨"，不仅需要一双慧眼，更需要一颗慧心。所以，练就你的慧眼与慧心，才是"近"与"离"的前提；练就你的慧眼和慧心，才是奔向成功的根本。

你还有时间

朋友三十岁后，突然对英文产生兴趣。英文书买回一架，磁带买回一箱。问他干吗呢？答，只想听懂那些优美的英文歌曲。

朋友那时也可算位发烧友，有此想法，可以理解。

原以为他只是做做样子，想不到四年过去，朋友不仅可以听得懂英文歌曲，读得懂厚厚的英文书，甚至能说一口标准的口语。现在朋友不大听英文歌曲了，却升了职。原因是公司常有涉外生意，朋友的敏捷的思维加上流利的口语，正好发挥了最大的作用。

朋友对我说，学了四年，却享用后半生，多值！

还有一位忘年交，退休前爱舞文弄墨，也算是小有名气。五十岁后，偶得眼疾，伏案写作是不行了。却闲不住，某天跟我说，想学学国画。

在这之前，这位忘年交朋友连工笔和写意都分不清楚，突然想学国画，单这想法，也可谓前无古人了。

心想，这位老顽童可能只是玩玩罢了，用不了半年，估计他就放弃了。

我却是错了。几年后，此翁丹青水平已不可小视。不仅常在报纸杂志上见到他画的梅兰竹菊，他本人更是成了某书画协会的会员。前几日此翁打电话给我，说他的个人画展将要在两个月后举办。

挂电话前，他说，原以为五十岁后开始学画，晚了。现在看来，一点都不晚！几年学得一技艺，却可以享用至入土，多值啊！

便对他，佩服得五体投地。

我们常常想学一些东西。但大多想想自己的年龄，叹一声，晚了！只得放弃。

比如，你打算学一技艺，要用掉五年时间。二十五岁的时候，你以为晚了。等到了三十岁，你便后悔，心想，那时便坚持下来，该多好啊！现在三十了，才是真晚了！然后，三十五岁时，你仍然会把这句话重复一遍。周而复始，你的时间和生命，就这样浪费掉了。

晚了吗？一点都不晚。比起人生百年，其实，你还有大把的时间。

理性的勇气

前几天，我所生活的小城，发生了这样一件事：

一个在湖边玩耍的男孩不小心跌入湖中，正好有两位男青年同时听到他的呼救。第一位男青年奋不顾身地跳下去，他水性很好，可是当他游到男孩身边的时候，由于水温太低，一条腿突然抽筋。不仅如此，湖里的荷花、浮萍、水葫芦、香蒲也给他造成很大麻烦。这时第二位男青年跳了进去。他水性很差，他不像救人更像自杀，如果没有第一位男青年的及时相助，他也许游不回湖边。当然男孩最终还是被救上来，两个男青年也相安无事。此事上了电台，上了报纸，上了电视，但是我注意到，几乎所有的媒体都将荣誉和光环给了第一位跳下水的男青年，而对第二位，却只是轻描淡写。甚至，没有人知道他的名字。

我知道第二位跳下水的男青年并不需要光环和荣誉。他跳下水，只为救人。所有荣誉和光环跟生命比起来，我想，没有人会选择前者。但我还是想对第二位男青年致敬，甚至，我对他的赞赏，远远超过第一位。

因为他是第二个人。因为他是经过深思熟虑才跳下水的。如果第一位男青年更多依靠了救人的本能，那么，第二位，除了本能以外，还需要比第一位多出更多的勇气和自我牺牲的精神。

　　他知道水温很低。他知道第一位男青年的腿已经抽筋。他知道水里的植物会给救人造成太多麻烦。他知道自己水性太差。他知道第一位男青年已经筋疲力尽。他知道自己的纵身一跃，对生命来说，可能意味着什么。可是他还是跳了下去。我想，经过深思熟虑之后的勇气，更值得我们尊敬。因为他的勇气，是理性的。

　　生活中有太多这样的事情。我们往往会记住第一个人却忽略掉第二个人，但其实，很多时候，第二个人所做的事情，远比第一个人伟大。

两句话改变命运

大学毕业后，他和同学一起去一家非常有名的公司实习。那是一份他们梦寐以求的工作，待遇很好，要求也很高。不过他和同学都知道，当实习期满，他们两个，只能留下一人。

他深知自己在很多方面都不如他的同学，比如专业知识，比如待人处事，比如交际口才，等等。事实上，当他从部门经理口中得知最终只能够留下一人时，他甚至产生过提前结束自己实习期的打算。不过最终，他还是选择了留下来。他想就算自己会被淘汰，可这毕竟是一个锻炼自己的机会，这一段经历，无疑将成为他的一笔宝贵财富。

然而最终结果，却出乎他的意料。实习期满那天，经理把他叫到办公室，递给他一纸合同。经理对他说，恭喜你，你被公司录取了。

他感到非常吃惊。他想知道，公司为什么会放弃各方面都更优秀的那位同学，而选择了他？

经理说，我注意到，你总是不厌其烦地跟客户说"您好"和"谢谢"，这正是我们所需要的。

他当然不明白。说"您好"和"谢谢"，不过是他从小养成的习惯而已，和这份工作又有什么关系呢？

当然有关系。经理说，你想，当你试着与一个陌生人交流，特别是与你的客户交流，首先应该从哪里开始呢？

是交谈。他说。

可是交谈又是从哪里开始的呢？

是"您好"。他回答。

这就对了。经理说，对你的客户说声"您好"，这是交流的前提。有了友好的交流，我们才能拥有客户和业务。

是这样。他承认。

经理接着问他，当你要结束同客户的一次交谈，是不是总会说一声"谢谢"？

是的。他说。

说"谢谢"，既是对"您好"的补充，也是对他人的尊重。经理说，事实上，一名彬彬有礼的员工，也是公司财富的一个重要组成部分。

可是，说"您好"和"谢谢"并不难啊！他说，只要平时注意一下就行了。

是，这并不难。经理说，可是，客套的"您好"和"谢谢"与发自内心的"您好"和"谢谢"，完全是两回事。前者，不过让人感觉面对的是一台有礼貌的工作机器，而后者，才会让人感到面前是一位可以信赖的朋友。事实上，专业知识以及能说会道的口才，都可以慢慢学习，慢慢锻炼，这些并不重要。唯有发自内心的对他人的尊重，才是最重要的。

他就这样被留下了。他在公司里做了很多年，现在成了一个分公司的经理。他常说，之所以能够拥有这一切，是因为他喜欢微笑着对别人说"您好"和"谢谢"。

是这样，一句发自内心的"您好"或者"谢谢"，有时候，远比好口才重要百倍。甚至，这两句我们听过千百遍的话，极有可能在某一天，真的改变你的命运。

所以，如果你自认为没有好的口才，那么，不妨试试诚恳地对他人说声"您好""谢谢"。

静的境界

市场上摆一豆腐摊。

摊主是位文质彬彬的年轻人，戴着啤酒瓶底似的眼镜，没事总是捧一本厚厚的书看，投入且安静。你把一元钱递过去，彼此不说话，握刀一切，块儿或大或小，也不称，递给你，笑笑，继续看他的书了。

某次我注意了一下，封面上写着《欧洲哲学史》。于是，佩服得不得了。

试问，如此喧哗之闹市，能得一宁静心境，岂是易事？深山老僧、古庙方丈，也不过如此吧？

豆腐吃得烦了，也买排骨。肉摊摊主是位中年人，长得很张飞，闲时喜下象棋，敲着剔骨刀，吼着对方，快啊，快啊。似要吃人。

典型的市侩模样。

一次买排骨，正好卖完。摊主说等一会儿吧，马上就到。就等一会儿。棋是不下的，有一句没一句地闲聊。

于是谈起那位戴"瓶底眼镜"的年轻人。我感叹道，不容易啊，在这种嘈杂的环境里竟还可以读书，那种宁静，那种心境，岂是一日之功？

卖肉的笑了，笑得有些放肆。笑完了，一本正经地说，那不叫宁静。

那叫什么宁静呢？卖肉的继续说，要么卖豆腐，要么读书，边卖豆腐边读书算哪门子事？你说他是卖豆腐宁静了还是读书宁静了？要读书就在家里读，跑市场上干吗？摆姿态？

可能是生活所迫呢！我说。

那就好好卖豆腐！卖肉的再一次把剔骨刀敲得啪啪直响，那就大声吆喝，那就想办法早些卖完，多赚钱，然后找个安静的地方好好读他的书去！农贸市场是读书的地方吗？

这时排骨来了，他开始剁排骨，凶态毕露，游刃有余。我就很宁静，他笑着说，我什么也不想，只想着卖肉。哪天我想读书了，我就只读书，我会什么也不想，什么也不做，只读书。什么叫宁静，什么叫超脱？这才算啊！与现实生活脱轨了，不务实了，还宁静个什么？

他把剁好的排骨扔到秤盘上，算算，一伸手，给钱！

回去的路上，我想，也许这个卖肉的，才真正算得上古刹老僧呢！

第三辑

碧水青天

第二次选择

男人结婚那天，请我做伴郎。我还记得小夫妻俩都喝了点酒，兴奋得满脸通红，咬苹果时，两人的脸交织成一个火红的中国结。

然而，婚后第二年，夫妻俩开始吵架。从小吵到大吵再到分居，似仇人般，谁也不肯让步。终于，在一个午后，两人在一纸离婚协议书上，各自签上了自己的名字。男人对我说，解脱了。

男人常找我喝酒。喝多了，话也多。他说，假如再给他一次婚姻，那么，他一定要找一位和前妻完全不同的女孩。假如前妻是水，那么，他就要火；前妻是花，他要柳；前妻是一，他要负一；前妻是具体，他要抽象。总之，相貌、爱好、情趣、性格，要完全相反。

我理解他的想法。第一次婚姻的失败，给了他太多的伤痛。

后来，男人真的开始了第二次恋爱。甚至于，比第一次更狂热、更兴奋、更幸福。尽管，男人偶尔也会在我面前谈起他的前妻，却是淡淡的神情；谈起他的现任女友，总是两眼放光。

终于，又要结婚了。男人消失了很长一段时间，我以为他是在为婚礼奔忙。但当他再一次找到我，却说，他想放弃。

为什么呢？我问，你不爱你现在的女友？

不是。男人眼睛看着地板，有那么一天晚上，我突然发现，现在的这个女友，与我的前妻，是多么相像！相貌、爱好、情趣、性格，都惊人地相像！交往了一年多，竟然忽略了这些。

男人说，那天晚上，他被自己突然的发现吓了一跳。怎么第二次选择，会跟第一次完全一样呢？

男人说，他只能放弃了。

是的。其实很多时候，我们的第二次选择，都是第一次的翻版。尽管有时，我们会对第一次的选择痛心疾首，但假如再给你一次机会，你的潜意识里，仍然会固执地坚守着最初的方向。然而，你却感觉不到。

初恋时我们不懂爱情。有时候，其实是初恋时我们不珍惜爱情。或者，不仅仅是初恋，很多时，很多事，很多第一次，我们都没有珍惜。而事实上，很多时，很多事，很多第一次，才是你的最爱。

男人还说，他不是害怕自己会第二次经历婚姻的失败，而是突然觉得，既然他的选择早该如此，那么，他既对不起现任女友，也对不起他的前妻。

他的前妻没有再嫁。他们谈了一次，又谈了一次，便复婚了。

婚礼那天，两个人仍然同喝了点酒，仍然同是红扑扑的脸蛋，仍然同去咬一个苹果，两张脸，再次交织成一个火红的中国结。

复婚后，他们有时，仍然小吵小闹，却不恼。在黄昏，常看到他们在小区的甬道上散步。拉着手，像初恋。

他们告诉我，绕了一个圈子，又回来了。所以他们，很珍惜。

二 马

　　房子要装修，朋友给我介绍了"二马"。

　　"二马"是父子俩。进了门，把电锯摆好，就开始了工作。他们把宽宽的板材破成一块一块的方木，动作熟稔而迅速。很快，两个人的脸上，便糊满了厚厚的锯末。

　　休息的时候，老马告诉我，自己做了一辈子木工，儿子小马刚毕业两年，没什么事做，就暂时跟着他。当个帮手，也学学徒，老马说，如果找不到合适的工作，当一辈子木匠也值。手艺人，到哪里都能吃饱。然后我询问了工期，老马说，起码得四十天。

　　星期天中午，我去察看装修的进展情况。老马正蹲在屋角抽烟，小马拿一个气扳枪，往墙上钉着钉子。老马见我来了，擦擦一条板凳，招呼我坐。然后他指指旁边一个黑塑料袋，说，今天中午别走了，咱们喝点。

　　那个黑塑料袋里面，装着一种叫海虹的贝类。下酒菜，物美价廉。忙告诉他这几天我有些忙，等过段时间，一定好好请他们父子出去吃一顿。老马说你说到哪去了？你是东家，你付我工钱，还请什么吃？说着话小马已经把海虹煮上，很快，屋子里充满了诱人的香味。

正和父子俩喝着酒，有人轻轻敲门。小马跑过去开门，我看见门外站着一位女孩。一开始我以为又是来参观房子的人。常常有要装修或正装修的人来参观我的房子，好当成一个参考。刚想起身客气一番，却见女孩羞涩地在小马胸膛上捶了一拳。老马悄悄告诉我，看见了吗？他女朋友。

女朋友？我吃了一惊。我知道他们是乡下人，以前在县城做活，刚来这城市三个月。

是这样，老马仿佛看出了我的心思，说，这女孩也是我们村的，和我儿子好了好几年，后来她考上了大学，我儿子却没有考上。可是她不嫌他呢。从我们来到这儿后，隔几天就来看我儿子一次呢。

女孩不漂亮，戴着眼镜，脸膛黑里透红，胸前闪着一个很亮的小圆牌，那是一所名牌大学的校徽。

到这城市干活，其实也是为了他。老马说，这样离姑娘近些。姑娘那么好，咱怎么好亏待人家呢？

那天我想了一个下午，也没有想出老马这个"亏待"是何所指。

在工期还差七八天结束的时候，我请父子俩吃饭。老马爽快地答应，小马却对我说，不能去了。小马穿了笔挺的西装，好像要出门的样子。老马说，他要去找他女朋友。小马的脸马上红了。

小马推了推老马。老马不好意思地对我说，差点忘了……是这样，我们带的钱不多了……能不能先预支些钱，他想买条好领带……本来有一条的，抽烟，烧了个洞……去大学校园看女朋友，别太不成样子。

我说当然可以。不过我这儿不是有领带吗？你系这个就行。我把领带解下来递给小马，怕他们误会，又赶忙掏出两百块钱，问他，够不够？

小马就扎上了我递给他的领带。他扎领带的速度比我快好几倍，打了一个英俊的结。他揣了钱，对老马说，轻易不会动的。不过还是揣上吧，怕万一。老马挥挥手，表示同意。

我和老马坐在饭馆里吃饭。老马告诉我，他昨天刚推了一个活儿，是大活儿，如果接了，能一直干到过年。我问为什么要推掉呢？老马说那活儿是县城的，距这儿三百多里呢。我说这有什么关系？哪里不是要手艺？老马说不行啊，他女朋友在这里啊！我笑笑，这老马真有意思，倒像是他在恋爱。好像这个女孩，可以承载他和儿子后半生的幸福。老马接着说，人家大学生，不嫌咱，咱别辜负了人家。那表情，仿佛他儿子的女朋友是某个国家的公主。我说，现在谁还把大学生当回事？用你们老家的话说，大学生比驴粪都多。老马笑笑，喝一杯酒，说，那也是大学生嘛！仍然是虔诚的表情。

老马还告诉我，装修的工期，可能会比原计划提前三天，因为他们干得有些快了。我说这当然好。老马不好意思地说，因为放弃了那个大活儿，工期又提前了，所以新活儿可能接不上，得在你装修好的新家住上两天。我说这没什么，反正我也不急搬来。老马说那也不好，你自己的新家还没住，倒被我们爷俩儿住了。说完嘿嘿笑，专拣盘子里的肥肉吃。

我们回去的时候，小马已经回来了。问他怎么这么快？小马说没见着她，门卫不让进。老马说你就不能等她出来？小马说她在上课呢……我怕误了活儿。老马说真没出息！活儿不是还有我嘛！小马把领带还给我，又拿出那两百块，要还给我。我说不用了，到时从工钱里扣掉就行了。小马看看老马，老马说，留着吧。

活儿干完了，给他们开完工钱，老马偏要留我喝酒，仍然是老白干配煮海虹。老马说新活儿果真没接上，真得在你这儿住三天。我说没问题。老马就敲敲小马的脑门，他说你福气啊，住这么好的房子。这几天拾掇干净点儿。小马说你不住吗？老马说我得回趟家，把钱交给你妈。你小子不想妈，我可想老婆！

小马和我一起笑了。这个老马，还挺幽默呢。

点绛唇

秋风生渭水，落叶满长安。

贞儿的心，如同萧瑟的秋风，如同秋风里的渭水，如同水面上的落叶。

贞儿描眉画唇，娇嫩娇美。她辞别娘，辞别爹，辞别街坊，辞别二十多年的小巷，咬咬牙，上了花轿。娘抹着泪，扯着嗓子，跟在花轿后面，跌跌撞撞地追，爹坐在巷尾，眉开眼笑地拍开第二坛酒的封泥。爹喜欢喝酒，可是没有闲钱喝酒。不喝酒的日子，爹浑身都是抖的。喝了酒，爹就不抖了，血色涌上额头，眼睛发出光芒。爹逼她做钱老爷的续弦，她不恨爹——爹病病歪歪，需要酒，更需要药。娘先是拒绝，然后应承，她不恨娘——娘什么都听爹的，娘的小脚，几乎从未迈出巷子。钱老爷看她一眼，眼睛就直了，她不恨钱老爷——钱老爷年前死了老婆。钱老爷爱女人，疼女人。钱老爷为她拍出一大笔钱。她也不恨沧。为什么要恨他呢？沧远在江南，沧没有办法从钱老爷的怀里抢出自己。

天已凉，霜打秋叶，秋叶婆娑。

花轿"咿咿呀呀"，犹如一位女子的浅唱。路边挤满看热闹的人群，有英俊的后生，也有美丽的女子。后生们多不舍她，他们认为这样娇美的贞儿，嫁给谁都不应该，包括自己；女子们多怀了羡慕，她们认为那样风流倜傥的钱老爷，娶走天仙都不过分。何况钱老爷并不老——"老爷"只是尊称，不代表年龄——钱老爷有魁梧的身材、俊朗的外貌、彬彬有礼的举止和富甲一方的身家。

花轿"吱吱呀呀"，犹如一位女子的低泣。然后，"吱吱呀呀"的声音越来越小，越来越小，终被"咣当咣当"的声音代替——那花轿便变成车厢，车厢里，贞儿并膝而坐，面若桃花。列车一路向南，终达温润的小镇。沧像树一般站立，见到她，点点头，笑笑，阳光遍洒。沧牵着她，去小镇唯一的西式餐厅，那里香气氤氲，曼舞轻歌，令她不知所措。沧穿着白色的西装，黑色的皮鞋，银灰色的领带打出饱满的结。沧的脸轮廓分明，头发剪得很短，响指打得潇洒漂亮。沧用英语与侍者交谈，牙齿白瓷般闪亮。沧与钱老爷那般不同。钱老爷喜欢黑色的长袍。钱老爷永远一双黑色的布鞋。钱老爷满口之乎者也，又在脑后，拖一条长长的辫子……舒缓的音乐飘起来了，沧的脸，忽隐忽现，忽远忽近，忽清晰忽模糊。美丽富足的江南小镇，不但属于英俊的沧，还应该属于娇小的贞儿。

可是沧没有将贞儿挽留。沧撕扯着自己的头发，抡着自己的耳光。贞儿说，不要。沧不说话，脑袋将坚硬的墙壁撞击得咚咚有声。外面下起雨，雨滴落到玻璃上，逗留片刻，蜿蜒而下。那个夜里，全世界都在为他们哭泣。

贞儿是一个人回来的。其实，贞儿不想回来。

列车一路向北，灰色的车厢变得灿烂，灰色的铁轨成为轿夫，"咣当咣当"的声音越来越小，越来越小，终变成"吱吱嘎嘎"的花轿声。透过垂满流苏的盖头，贞儿打量着自己白皙的双手。手腕上，淡蓝色的血管忽隐忽现，忽远忽近，忽清晰忽模糊。贞儿想起沧的轮廓分明的脸。

花轿微微地颠着，贞儿知道，她已经离家很远。掀开盖头，到处都是沧的影子。沧在旁边看她，沧在小摊前叫卖，沧在街角讨饭，沧在学堂里教书，沧在茶楼上招呼客人，沧抬着"吱吱嘎嘎"的轿子，嘴巴里呼出白色的水气……沧变成房子，变成街道，变成驴子，变成砂粒，变成风，变成河，变成树，变成落叶……贞儿认为她该补补妆了。补补妆，该到钱府了。

贞儿抬起手腕，用又细又长的指尖，蘸着血一般红的胭脂，涂点她的双唇。慢慢地，慢慢地，她的唇，重新变得娇艳欲滴。那胭脂红得像血。那胭脂比血还红。"吱吱呀呀""咣当咣当""吱吱呀呀""咣当咣当"。有人喊，落轿。轿子轻轻一颠，贞儿笑笑，将最后一滴血一样红的胭脂，涂上她饱满的唇。

碧水青天

　　周县长调来小县半年有余，从未得过一天清闲。秘书小刘知他喜欢钓鱼，好几次，他甚至为周县长备好钓具和钓场，然而每一次，周县长都被突来的事务打扰。又逢难得的空闲，小刘再一次为周县长备好钓具，他说钓场已经联系好，再推掉，那边不好说。周县长想了想，说行，正好顺便去乡下看看。

　　小刘所言的钓场，其实是一个鱼塘。近年来有农民承包鱼塘，鱼养大以后，却不捕捞，只等垂钓爱好者来钓，从而收取一定费用。小刘将周县长带到水塘边，让他稍等，然后跑到稍远处与承包鱼塘的老农谈价钱。一会儿他回来，说二十块钱一位。周县长说这么便宜？小刘说，现在是淡季……再说鱼早被喂得饱饱的，很难钓。说话间周县长已经拉上来一条五六斤重的大鲢鱼，他说难钓吗？就这一条鱼，咱俩就够本了。

　　鱼上钩很快，不到一个下午，两人钓到三十多条鱼。周县长看看手表，说，该回去了吧？小刘说那您等一会儿，我把车往这边开开……这么多鱼，搬起来费劲。周县长说你不是说鱼很难钓吗？小刘说也许鱼也认识县长您，所以相争咬钩。周县长笑了，他说小刘啊，你千好万好，怎么这拍马屁的毛病硬是改不了呢？

小刘将车子开过来，周县长正把钓到的鱼一条一条放回水塘。小刘急忙上前阻拦，说您这是干什么呢？周县长说咱俩花了四十块钱，不能带走这么多鱼。小刘说钓得多又不是咱的过错，谁让您技术好呢？周县长又笑了。小刘你就别骗我啦！钓了这么多年鱼，是不是钓鱼专用鱼塘，我还是能够看出来的。

第一，为什么鱼塘边只有咱俩在钓鱼？第二，为什么鱼塘边没有别人钓过鱼的痕迹？第三，价钱为什么这样便宜？很明显这不是专供垂钓的鱼塘，我们又怎能把钓到的鱼全拿走呢？

小刘就红了脸。他支支吾吾，说这附近没有垂钓用的鱼塘，别处倒有，不过太远了，开车就得半天，并且鱼极难上钩。周县长说钓鱼就图个开心，难道为了吃鱼？他将鱼留下一条，说四十块钱当买了老乡一条鱼……回去让你爱人炖了，咱俩好好喝一杯！

返回县城途中，小刘将车速放得很慢。是周县长要求的，他说他想好好看一看近郊风景。公路两边郁郁葱葱，近处不断有鱼塘闪过去。小刘一边开车一边说，本想瞒着您的，谁知被您看出来了。

周县长说如果我今天真被你瞒过去，你想想会是什么后果？人们肯定会说，县长花四十块钱买走渔农百十来斤鱼，这不是明抢吗？你是不是想害我？

小刘说，今天情况有些特殊……

周县长说我知道情况特殊——那个承包鱼塘的渔农，是你父亲嘛。

小刘吃了一惊。您怎么知道？

周县长说谁看不出来？两个人跟复印的似的。你老了就那模样……

小刘不好意思地笑笑。他说今天真没什么的。我父亲知您忙，知您爱钓鱼，爱吃鱼……送您几条鱼有什么大不了的呢？又值不了几个钱。

周县长说不是几个钱的问题。你想想，假如我今天收了你的鱼，那明天呢？明天可能就收了你的羊。那后天呢？后天可能就收了你的钱。你的胃口和我的胃口，都会越来越大。结果会怎样呢？你行贿，我受贿，咱俩谁都逃不掉。你肯定觉得我有些夸张是吧？我绝对没有。其实，行贿与受贿，都会上瘾。我们还是将它扼杀在萌芽状态之中吧！

小刘撇撇嘴巴，似乎不以为然。

我知道你仍然认为我在小题大做。那我问你，人为什么会行贿？因为行贿会带来好处，带来的好处，便是诱饵。人为什么会受贿？因为钱财的本身，也是诱饵。就像钓鱼。鱼为什么会上钩？因为饥饿？不是。因为有饵。鱼不一定非得饥饿才去咬饵。饵是诱惑，对所有鱼来说都是这样——鱼很难将它抵制。如果你今天成功地骗过我，如果我今天拿走那些鱼，那么，咱们俩都会像这条鱼一样，因饵而害了自己。

周县长指指水桶里的鱼说。

小刘再一次红了脸，嘿嘿笑。

周县长说，停车。

车子停到一个鱼塘边，两个人下车，沿鱼塘散步。突然周县长问小刘，你认为，百姓最看重的事情是什么？

国泰民安。小刘说。

具体到家庭呢？

健康平安。

具体到渔农呢？

多挣钱。

具体到鱼塘呢？

一池碧水一池鱼。小刘想起县政府鼓励农民养鱼的宣传口号，脱口而出。

这就对了。周县长说，一池碧水一池鱼。可是你知道水为什么是青色的吗？

那是天空的颜色。小刘挠挠脑袋，您问我这些干什么呢？这是常识，谁都知道。

虽然谁都知道，但不一定人人都理解啊！周县长笑笑，和小刘一起往回走。如果天是灰色的，你想鱼塘里的水还会是青色的吗？只有头顶一方青天，才有脚下一池碧波啊！

小刘若有所思，久久不语。

桃花乱

人间四月芳菲尽，山寺桃花始盛开——

这里没有山寺。这里只有桃源。

桃源只是村子，散落漫野桃花之间，就像浅红的宣纸上滴落的几点淡墨。姑娘低首垂眉，羞立于一片桃红之间，人面更比桃花红。其时，一翩翩少年手提长衫，与姑娘相视而笑。少年说，又一年了。姑娘说，又是一年。少年说，你一点没变。姑娘说，你也是。少年说，一会儿，我就得走。姑娘说，知道。姑娘淡绿色的罗衫在微风中轻轻飘舞，缤纷的花瓣很快迷住她的眼睛。少年英俊魁梧，玉树临风，脸庞如同刀削，长衫好比旗帜。

这是他们第二次相约。第一次，也在这片桃林。少年持一把纸扇，对红吟诗，姑娘就笑了，忙拿手去掩嘴，那手，白皙得几近透明。乍暖还寒，怎用得上纸扇？少年装模作样，少年是装模作样的书生。

就这样相识，就像崔护在长安南郊的那段往事。少年知道那段往事，他也希望给自己留下佳话。于是他为姑娘留下纸扇，又偷偷带走姑娘的芳心。

第二次相约，少年仍然一袭长衫，只是手中不见纸扇。正是日落时分，纷乱桃花之中，他与姑娘的脸，近在咫尺却又远在天涯。春意盎然，到处都是踏青的行人，阳光如同流淌的金子，空气好像弥散开来的蜜。少年问，明年我还来吗？姑娘侧过身子，袖子掩住了嘴。桃花人人可赏，公子为何不来？说完，扭身走向桃林深处。她的身子很快掩进一片桃红之间，少年的目光于是变得痴迷凌乱，做一个打扇动作，却忘记手中已无纸扇。

第三年，第四年，少年依然来此赏花，姑娘依然到此守候；第五年，第六年，少年依然一袭白衫，姑娘依然一抹长裙；第七年，第八年，少年的目光焦灼不安，姑娘的表情起伏难定；第九年，第十年，少年一点点老去，棱角分明的下巴上长满胡须；姑娘也不再年轻，脑后绾发成髻。两个人隔着纷乱的桃花，相视而笑。

少年说，又一年了。姑娘说，又是一年。少年说，你好像瘦了。姑娘说，你有点老了。少年说，一会儿，我就得走。姑娘说，知道。姑娘淡绿色的罗衫在微风中轻轻飘舞，缤纷的花瓣悄悄迷住她的眼睛。忙抬手去擦，那双手仍然白得几近透明。姑娘娇小玲珑，婀娜妩媚。红唇好似花瓣，身段如同柳枝。

少年问，明年我还来吗？

姑娘回答，桃花人人可赏，公子为何不来？

少年说，不，我不来了。少年久久地低下头，看一地乱红纷杂。他说今天，我想取回我的纸扇。

姑娘愣怔，娇小的身子扶了桃树，整个人轻轻地晃。少年跨前一步，却咬咬牙，不动。我想取回我的纸扇，他说，十年光阴，纵是纸扇也可以老去。

没有纸扇了。姑娘说，纸扇被姐姐带进了宫。

纸扇被带进了宫？少年吃了一惊。

是的。姐姐被皇上招做妃子……她什么都没有带走，唯独带走了那把纸扇……其实她不喜欢进宫……她被招了妃子，是爹的主意……

可是怎么会是姐姐……

因为我是妹妹。姑娘笑笑说，事实上，第一次与你在桃林中邂逅的人就不是我，而是我的姐姐；你的纸扇也并非给了我，而是我的姐姐；你一直等候的人，更不是我，而是我的姐姐……

你为什么一直不肯告诉我？

因为你没把我认出来……我和姐姐长得并不像，可是你还是没有把我认出来。我在想，你痴迷的究竟是谁？是人，是桃花，还是心境？第一次，你竟连她的模样都没有记清……

因为没有第一次。少年苦笑，扶住一棵桃树，没有第一次，我与你的相约，其实只有九年。

可是明明是十年……

不，是九年。少年说，十年前你的姐姐在桃林中邂逅的人并不是我，而是我的哥哥。

这怎么可能？姑娘的身子开始轻轻地晃。

是的，是我的哥哥。他在赶考途中突发急病，客死他乡。临死前他嘱人告诉我，来年春天，一定要去桃林讨回他的纸扇，如果有可能，将他的死讯也告诉她……他知道那姑娘喜欢他，他不想让姑娘等他……

可是你没有告诉我……

我怕你伤心……我以为你就是她……更可怕的是，我发现自己喜欢上了你……

可是你从来没有说过你喜欢我……

因为我认为哥哥喜欢的人是你。因为我认为，你喜欢的人，一直是我的哥哥……

所以你把这个秘密隐瞒了九年？

你也是。

两个人默默相对，不再说话。春意盎然，到处都是踏青的行人，阳光如同流淌的金子，空气像弥散开来的蜜。少年跨前一步，盯着姑娘忽闪的眼睛，说，两个亡去的人，竟让我们浪费掉整整九年。姑娘微微一笑，从一片桃花中闪出，说，如果没有他们，我们也许会浪费掉一辈子。姑娘颔首垂眉，羞立于一片桃红之间，人面更比桃花红。少年手提长衫，再跨前一步，与姑娘相视而笑。其时，空中飘起绵绵春雨，很快打湿两个人的衣衫，以及眼睛。

桃花乱，乱人心。雨中草色绿堪染，水上桃花红欲然。

我是警察

在胡同里，他遇到两个抢匪。

是一条很僻静的胡同。深夜，他骑着自行车往家赶，突然听到有人高呼救命。他循着声音拐进胡同，看见两个男人正在抢一个女孩的背包。女孩一边护着包，一边和其中一个男人厮打。那男人握着拳头，不停击打女孩的头部。女孩被击倒，却仍然死死抓着她的背包。那男人于是急了，从身后抽出一把长长的砍刀。

他大吼一声住手！就冲了上去。

两个男人同时愣了愣。然后他们放开女孩，向他扑来。他朝他们大喊，住手，我是警察！刀子就劈过来。他闪过，再喊我是警察！刀子再一次劈过来。一个男人疯狂地喊，我今天砍的就是警察！

他和他们打在一起。可是他很快体力不支，动作慢了下来。两个男人把他打倒在地，一刀一刀地剁下去。他感觉胳膊上挨了一刀，又一刀；肚子上挨了一刀，又一刀……

趁着这个机会，女孩跑上大街。她大声向路人求救，并迅速拨打了110。两个抢匪害怕了，扔下倒在血泊中的他，仓皇逃离。他喊，给我站住！爬起来，追了两步，然后一头栽倒……

两天后他在医院里醒过来。周围的人都长长地舒了一口气。他昏迷了整整 48 个小时。几乎，连医生都绝望了。

他浑身都是深深的刀口。他的呼吸困难，思维模糊。他努力回忆着两天前的那个夜晚，现在连他自己都相信，能活过来，真的是一个奇迹。

在床头，他看到了自己的女人。

女人守了他两天两夜，眼睛通红。此时，她正在嘤嘤地哭。

他艰难地笑一笑。他说你哭什么呢？我这不是活过来了？

女人说你怎么这样傻！万一你有个三长两短的，让我怎么活？

他说可是我没有办法，当时的情况那么急。

女人说你怎么没有办法？你可以选择报警，可以选择呼喊路人。你赤手空拳地冲上去，那不是拼命，那是送死。不是反对你见义勇为，可是你这身体……都六十多岁的人了。

男人说可是我必须冲上去。因为我是警察。

女人说我知道你是警察。可是，那已经是多少年以前的事了？

男人说不管是多少年以前的事，我也是警察。现在，我想我还是警察。

女人说我知道你是警察。可是那时候，你是税警啊！

小马的一天

小马要升职了。兴奋激动之余，稍有慌乱。

调令是昨天下来的，这让小马正好有了周末的两天来适应——只是适应一种职位的改变，小马坐在沙发上喝茶，总觉得，自己还是那个为老马忙前跑后的小马。

老马是前任局长。两个人都姓马，怪了。

周六小马闷在家里喝了一天茶，周日早晨，小马认为该找老马取取经了。以前做副职的时候，天天跟着老马，感觉学到不少东西，可是真轮到他挑大梁，才发现自己似乎什么都不懂。

刚想给老马打电话，老马就摁响了门铃。想找我了吧？老马站在门口冲他笑，快换换衣服，出去打牌！

打牌？小马愣了愣，大清早打牌？

当然。老马说，大清早思维敏捷，最适合打牌！

就打牌。说好四圈。头两圈下来，小马输得一塌糊涂。虽然赌注很小，可是争强好胜的小马还是有些不开心。当然这与小马的牌技无关，有关的是他的运气。摸到手的总是一副烂牌，小马便有些急躁。他总向老马请示，能不能"调调风"？

这我可说了不算。老马耸耸肩膀，你还得问问他们俩。

当然不行。没有两圈就调风的道理。然而小马的牌运竟然奇迹般地变好，再两圈下来，不但将先前输掉的赢了回来，还有了赢利。小马牌兴正浓，想再玩四圈，老马说这可不行，说好四圈，怎能反悔？小马想想，也是。可是刚想把赢来的钱揣进口袋，想想自己已经当上了局长，心中便有了狐疑。他说这样吧！中午我请客，赢的钱全吃掉。老马说这怎么行？说好我请的。至于这些钱，下午自有用处。

饭间老马对小马说，虽然你明天才上任，但是今天，我已经把你当成局长了。当然当局长的第一天不应该从打牌开始，可是你不认为打牌和做官非常像吗？烂牌就像烂摊子，你摸到一手烂牌，怎么办？推倒重来？调风换位置？显然不行。再烂的牌，也得打下去。再比如，你手气正好，仕途一马平川，可是四圈已完，怎么办？牌局就得结束。就算你再想当官，也不行。

小马想想，点点头。

吃完饭，老马说下午一起去钓鱼吧。四个人，正好租一条船。

就钓鱼。小马赢来那些钱，刚够付了租金。整整一个下午，小马和老马一条鱼都没钓到，另外两人却每人钓到两条大白鲢。收船回去时，其中一位要送小马一条鱼，小马刚想收下，心头隐隐闪过一个"贿"字，忙说不用了不用了，钓鱼只是图一乐子，又不图吃鱼。对方说可是你付了船租啊！小马说那也不能收。对方脸上挂不住，就将那条鱼送给老马。小马想以老马的脾气不但不会要鱼，反而可能将对方训一通，哪想老马只是笑笑，痛快地将鱼收下。然后老马从口袋里掏出两包烟，递给对方。以前抽剩下的，老马说，老婆让戒烟，用不上啰！

老马带小马去一个饭店，吩咐厨师将鱼炖上，又点了几个小菜。老马说这多好，收他一条鱼，还他两盒烟，既不驳兄弟面子，咱又有鱼吃。

小马说如果他送的不是一条鱼而是一条船呢？老马就笑了。老马说小马啊，一条鱼和一条船你分辨不出来？就算真分辨不出来，也好办，他送你一条船，你再送他一辆车好了。小马说我可没车。老马说那事情就更好办啦！是不是？说着话，鱼上桌，两个人推杯换盏起来。小马问这也是当官之道？老马说当然。当官最怕的是什么？就是"贿"。有些贿，很明显，好办；有些贿，很隐蔽，就难办。就看你有没有一双火眼金睛，以及处理这些事情的办法了。

从饭店出来，天色已晚，小马仍然意犹未尽，想再拉老马去烧烤摊上喝一点。老马说烧烤摊就免了吧，这么晚了，你该回家啦。小马说晚回去一会儿怕什么？老马说怕什么？这就是今天我想送你的第三条做官之道：不管官多大，不管有多忙，家，都得按时回。小马说又没有做别的，只是和老领导喝杯酒嘛！老马说那也不行。万一今天跟你在一起的不是我而是一位女孩呢？多少领导工作出色，感情却出了问题。为什么？就是因为一开始回家晚，后来干脆不回家，再后来，一个家就散了。小马说有那么严重？老马笑笑说，自己琢磨去吧。

小马将老马送上出租车，握住老马的手，说，谢谢您送我的做官之道啊。第一，不管接手的是好摊子还是烂摊子，都要好好去经营，去管理；第二，面对贿赂，坚决制止；面对疑似贿赂，小心应对；第三，不管官有多大，都得按时回家。今天我的一天，其实也是我的一生啊。老马笑笑说其实还有第四条。小马说第四条？老马说，对！第四条：世界上绝没有真正的做官之道——任何聪明人，都可能在某个时候或者某个环节出了问题。出问题怎么办？再送你一个词：悬崖勒马！

小马如同醍醐灌顶，连连点头。他向老马竖起拇指，说，我也送您一个词吧！老马问，啥？小马说，老马识途！

两个人相视而笑。

镜　子

　　我恐惧，不安。走在街上，如芒在背；躲进屋子，坐卧难安。到处
都是眼睛，我无处可藏。

　　只因一次聚会。

　　聚会上我认识了一个男人。女友给我介绍说，这是她的同乡。握手，
寒暄，没感觉什么特别。然后，第二天，在超市里，我再一次遇见他。

　　我推着购物车，他挎着购物篮，我们不期而遇。他主动跟我打招呼，
说，您好。我点头，微笑，两个人擦肩而过。走出很远我发现一个将我
惊出一头冷汗的问题——说"您好"之前，他正盯着货架。换句话说，
他先响亮地说出"您好"，然后才扭头看到我。这显然不合逻辑。

　　假如仅此一次，我绝不会想太多。可是第二天，在一间酒吧，我再
一次遇见他。他独自坐在角落，手里晃着一杯红酒。看到我，他笑笑，
冲我举举酒杯，却没有说话。目光相碰，我分明感觉出他的不安。

　　他不安，因为他被我发现并且识破。这毫无疑问。

　　几天以后，我站在阳台上，看到一个非常像他的背影。背影站在冬
青丛里，一动不动。我去书房冲一杯咖啡，再回阳台，背影就不见了。

这让我相信与他的三次相遇绝非偶然——这绝对与那次聚会有关，与我的女友有关，与我的前任女友有关。

认识现任女友以前，我曾交过一个女友。直到现在我们还保持着联系，所谓藕断丝连，正是如此。我知道我的现任女友跟踪过我几次，可是她没有找到任何证据。那么，现在，她肯定换了一种方式——这个总是在我面前出现的男人，便是她的眼睛。

更可怕的事情接踵而至。有一次我在住处吃掉半个榴梿，第二天女友问我，昨晚你吃榴梿了？我说，你猜的？她说，现在嘴里还有臭味呢。然而这是不可能的。24个小时里，我又吃了三顿饭，刷了三次牙，我的嘴里不可能存有榴梿的气味。有一次，我躺在床上读了半本书，第二天女友问我，书好看吗？我说，昨天我睡得很早。女友就笑了。她说，你眼睛里的血丝早把你出卖了。我跑到镜子面前，我没有发现我眼睛里的血丝。问她，她说，现在没有了，可是刚才还有。

这太不正常。女友知道我吃榴梿，知道我读了什么书，甚至后来，知道我穿了什么颜色的睡裤，知道我临睡前给谁打过电话……我想合理的解释只有一个——我无时无刻不被她窥视。她派出那个男人尾随我，又在我的住处安装了摄像头。我安慰自己说，什么都没有关系。她雇人跟踪我，我可以不出门，或者即使出门，也可以将那个男人甩掉；她偷装了摄像头，我可以将这些摄像头找出来，然后当面质问她为什么要这样对待我。

我几乎将我的住处像柳筐一样倒过来拍打：沙发缝里，防盗门上，相框里，冰箱里，书架上，抽屉里，窗帘后，花瓶里，闹钟里，暖气片间……我没有找到摄像头。我开始寻找更为隐蔽的地方：马桶里，天花板上，拖鞋里，床底下，电表里，杂志里，枕头里，暖壶里……我仍然没有找到摄像头。可是我相信摄像头就藏在我的周围，就像我相信跟踪我的男人就藏在我的周围。我陷入无边无际的恐惧与不安，每天夜里，我无法入眠。

屋子里真的没有摄像头——这是我一连检查几遍以后得出的结论。屋子里肯定有摄像头——这是我对目前处境坚定不移的判断。可是摄像头，它们到底藏在哪里呢？

镜子！我从沙发上突然蹦起，整个住处，只剩下镜子没有检查！

镜子挂在洗手间的墙上，每一天，我都会照它几次：吃完榴梿，我会去镜子面前洗手刷牙；读书读到内急，我会拿着书，坐在马桶上继续翻阅。我站在镜子前面检查自己的皱纹，练习自己的表情，整理自己的仪表，我全无防范——摄像头肯定藏在镜子后面！怪不得每次看到镜子里的自己，都感觉那不是我。怪不得每次照镜子，都莫名其妙地紧张。

冲进洗手间，一拳挥向镜子。镜子被击得粉碎，可是镜子后面只有墙壁。屋子里的最后一个角落，仍然没有摄像头。

我看到我鲜血淋漓的手腕。

我被送进医院，却不是医治外伤，而是医治精神。我在精神病医院度过三个多月，我认为自己不需要任何治疗。从医院出来后的第一件事就是去超市买一面镜子——尽管我对镜子仍然心存恐惧，可是生活里，不能没有镜子。

在超市里，我再一次遇到那个男人。

他推着购物车，我挎着购物篮，我们不期而遇。其实最开始我并没有看到他，我看到的，只是超市货架上的镜子里面的他。我主动跟镜子里面的他打招呼，说，您好。然后我才扭过头去，冲他微笑。我看到，他吓了一跳，表情惊恐，推着购物车的手，明显抖了一下。我还看到，他的右手手腕，缠着厚厚的渗出血丝的纱布。

酒　品

　　古乐小时候，家里穷，买不起瓶装酒，父亲就会带些薯干，去村头商店打半斤散酒，回来，让母亲切点咸菜，或炒把花生，酒倒进小盅，规规矩矩地喝。半斤酒，父亲能喝两天。父亲酒量很大，却从不多喝。他说人得有酒品。什么酒品？善待酒。酒是好东西，喝多了，头痛，误事，酒就成了坏东西。好东西成坏东西，不是酒的问题，是人的问题。人什么问题？没酒品。

　　最艰苦的那两年，父亲不再喝酒。有时母亲心疼他，说，去买瓶酒吧！知你想。父亲摇摇头，说，留钱给乐子买书本吧！夜里父亲馋极了，就摸了空酒瓶，灌上水，晃晃，倒进小盅，嚼着咸菜，规规矩矩地喝。一个空酒瓶，父亲喝了两年。他说人得有酒品。什么酒品？喝酒不能败家。酒是好东西，但比酒更重要的，是娃的学费，老婆的治病钱，家里的柴米油盐。为喝酒不顾家，没酒品。

　　那两年父亲常去牛爷那里串门。见牛爷在喝酒，就盯紧牛爷的酒瓶。牛爷说，来点？父亲说，行。牛爷给他倒一杯，他端起来，规规矩矩地喝。牛爷说，吃点菜。他说，不用。再坐一会儿，告辞，几天不再想酒。

如果牛爷没在喝酒，哪怕酒瓶放在父亲眼前，他也不看一眼。牛爷知他恋酒，问，来点？他说，不。回家，对古乐说，人家喝酒，你跟着喝一杯，就是助了人家的兴，挺好；人家不想喝，你自己要着喝，还逼人家陪着喝，就过分了，不好。说到底，酒品就是人品。

古乐懵懂地听，不懂。那时古乐以为，他这一辈子，都不会沾一滴酒。

后来生活好些，父亲就常请牛爷过来喝酒。酒也换成瓶装，古贝春、四季春、杏花春……父亲说他喜欢带"春"字的酒，光听名字就半醉了。再后来，古乐一天天长大，进城，工作，当官，当更大的官，父亲和牛爷却一天天老去。终有一天，牛爷死去，父亲不再有喝酒的伴。

没了伴，酒照样喝。独自坐在饭桌前，咸菜、花生米、一段往事，就着一杯古贝春，规规矩矩地喝。过年古乐回家，商量与他说，母亲不在了，牛爷也去世了，想把他接进城。父亲说进城也没有伴。古乐说，我和玲子就是你的伴，小区里的老头老太太都是你的伴。父亲瞅着他，说，玲子会让我喝吗？古乐说，看你说的，你儿媳支持你喝酒呢！没事时，咱爷俩也可以喝几杯。父亲想了想，咂一口酒，说，进城！

进城才知道，与儿子喝次酒，并不容易。古乐忙，应酬多，常喝得人仰马翻，回到家，即使想与父亲再喝点，父亲也舍不得了。父亲对他说，你不是在喝酒，是在玩命。古乐说，没办法啊。父亲说怎么会没办法呢？人吃酒还是酒吃人？古乐笑笑，说，你真不懂。

父亲不懂，只好独自喝。决不多喝，中午和晚上，每餐一杯。喝得规规矩矩。

那天父亲终决定陪古乐去喝场酒。本不想去，古乐说好久没陪父亲吃饭，今天场面小，正好，也想让父亲看看必须喝酒的场面。

菜是好菜，酒是好酒。起初，几个人还喝得有模有样，可是慢慢地，声音就高了，粗话就多了，动作就大了。碰杯时，酒也洒得到处都是。

父亲说，不必次次碰杯，浪费酒。坐在首席的男人说，浪费也得碰杯。父亲又搞不懂了。浪费也得碰杯？什么道理？

再后来，父亲终看不下去——他发现那个首席趁别人不注意，偷偷将满满一杯酒倒进茶杯。他问古乐，你还喝？古乐说，这才刚开始。他说，不喝不行？古乐说，不好吧。父亲说，不把酒当回事，还喝什么酒？坏了酒的品，就是坏了人的品。说得满桌人面面相觑。

父亲佯装去洗手间，提着剩下的半瓶古贝春，离开酒店。

父亲坐在台阶上，想起苦日子，想起牛爷，竟流了眼泪。他提着酒往回走，经过一个工地，见两个光膀子的年轻人正在那里喝酒。花生米、咸菜、两杯酒、几句荤段子，两人喝得痛快。父亲过去，问他们，我能一起喝点？他们说，欢迎欢迎！搬两块砖头，让父亲坐下，瞅瞅父亲手里的酒，说，好酒哇大爷。

父亲将酒打开，给每个人倒满一杯，说，这才叫喝酒！

旅游记

　　在北京这座城市待久了，人会变得有些压抑。或许并非北京如此，每一座大城市都是这样。到处都是高楼大厦，到处都在塞车，超市里的商品使人胸口添堵，汽车的尾气更是让人喘不过气来。于是决定，趁七天长假，去那个遥远的乡下旅游。

　　乡下在千里迢迢之外，自驾需要整整两天时间，即使三个人轮流开车，也非常累。但是为乡下美景，为呼吸一下久违的新鲜空气，更为让久居闹市的心情得以彻底放松，也值了。那地方我去过一次，山清水秀，民风淳朴，更重要的是，那里消费极低。住在农家，吃在农家，玩在农家，完全可以一条龙服务。除了吃饭要点钱，其他全都免费。不夸张地说，在北京一家中档饭店吃一顿饭，在这里，完全可以尽情消费一个月。

　　招呼几个早想去那里旅游的朋友，用时两天，顺利抵达。车子行驶在狭窄崎岖的山路，朋友们手舞足蹈，连呼过瘾。我暗笑他们少见多怪了。那样的风景，乡下随处可见，用得着如此兴奋？等一会儿见到那些无比热情的村人，见到一大桌绿色无污染的青菜，听到微风掠过竹林、鸟儿叽叽喳喳歌唱，他们就知道什么才叫真正的回归山野了。

　　可是那天，我们在村子里没有见到一个村人。二十多户农家全都

"铁将军"把门，村路上，连鸡鸭也寻不到一只。

他们肯定下地去了。我安慰朋友们说，咱们只需等上一会儿，他们就会回来。等他们回来，肯定会先安排我们到最干净的农户家里住下，然后杀鸡宰鸭，敲锣打鼓……村里的长者会亲自给我们敬酒，漂亮的姑娘载歌载舞……酒要全干了，不剩一滴……别给钱，钱等我们离开时再结算……

我说得头头是道，朋友们眉开眼笑。但其实，那时，我也被眼前奇怪的景象给弄糊涂了。村子里的人，到底哪里去了呢？就算是下地的时间，家里也总该有老人和孩子吧？街路上也总该有鸡鸭和土狗吧？村子变成空村，显得颓败并且不安，我的心，也开始不安起来。

一直等了两个多小时，终于，我看到从远远的山路上走来一位老人。急忙上前问他怎么回事，老人笑了笑，朝我们晃晃手里的一大串钥匙。见我们仍然不解，老人说："这是各家各户的钥匙，这几天他们都不在，我得替他们喂鸡喂鸭喂狗……"

"全村一起搬家了？"

"当然不是。祖祖辈辈都生活在这里，怎么会搬家呢？"老人说，"再说真要搬家的话，也不能留下鸡狗鸭鹅啊！"

"那他们什么时候回来？"我问。

"至少得七八天吧！"老人说。

"那他们干什么去了？"

"天天在这大山里闷着，他们都快闷出病来啦。"老人说，"这几天难得农闲，于是全村人组织起来，一起去旅游啦！"

"去旅游了？"我吃了一惊，"那我们岂不是白来了？"

"是白来了。"老人说，"我这么大岁数，可没法招待你们……"

"他们去哪里旅游了？"我问。

"北京啊！"老人说，"那地方多好啊！满眼高楼大厦，小汽车满街跑，超市里什么都有，连车屁股喷出的烟都是香的……"

捡漏记

　　我是一个好学之人。自迷上古字画收藏以后，天天查资料，日日翻古书，电视里的收藏类节目必看，古玩市场更是每个星期都要光临。更为重要的是，我拜了一个在圈里摸爬滚打了二十多年的老玩家为师。师傅嘱咐我，初入此行，一定要多看，少买。

　　这道理我懂，所以我做得更加彻底——入行五年来，我从未从任何人手里买过任何一件东西。都说初入行一定得先交几次学费，我就偏不交。一件东西不买，一分钱不花，还有什么学费可交？

　　我已学艺五年，自觉学业有成，知之甚多，一般的赝品绝对骗不了我。我这样说并非自大，而是实践出来的结论。在哪里实践？在网上，在师傅家里，在古玩市场上。网上真品与赝品的照片，我一眼就能辨别出来；师傅将真品与赝品放到一起，我能准确地将赝品挑出来；至于古玩市场上那些字画，凡我认为假的，必是赝品。一连半年多，我从未看走眼一次。

　　当然我去古玩市场，绝非盯着赝品而去，而是为了得到真品——有些非常值钱的真品，卖家不一定知情。说白了就是我想去捡漏，少花钱，买好东西。

师傅劝我，去转转可以，但千万不要有捡漏的心思，否则便有可能上当受骗。我说，凭我现在的能耐，谁能骗得了我？再说，如果不捡漏，那我岂不是白入行了？师傅摇头，说，你终于开始打算交学费了。

师傅瞧不起我，我一定得捡个大漏给他看看。苍天不负有心人，半年前的一个下午，我如愿以偿。那是一幅山水画：小桥、流水、凉亭、垂柳、瘦石、远山……树叶中锋用笔，有如篆籀；山石如小斧辟就，轻且琐碎；重绿染叶，石青染衣，赭石染石……画面生动并且安静，意境幽远。题款为：唐寅。唐寅何许人也？风流才子唐伯虎是也。此画如果上了拍卖会，至少能值百万，摊主却只要价3000元！心脏咚咚地跳个不停，却装成不在意地问摊主，一个破唐寅的画怎么也卖这么贵？对方一听就慌了：家里的真东西，以为都值钱呢。他似乎生怕跑了这笔生意，要不，2000块钱您拿走？

古玩市场上，并非都是专业或者准专业人士。常有附近农民从家里翻点老东西，破书破壶破家具一类，到古玩市场边上摆个小摊，有买主来了，随便要个价，东西卖完就走。看此卖主，一身农民打扮，土里土气，傻里傻气，绝不是古玩的行家里手，必是附近农民无疑。急忙掏钱给他，抢过古画就走。卖主在后面喊，这画该不是我卖亏了吧？我心跳如鼓，脚下不停，边走边跺脚，说，如果得了便宜，我是孙子。跺得狠了些，两脚发麻。整整一百万呢！换你你也跺，你跺你也麻。

回到家，稍稍平复一下心情，画还未打开，感觉已有些不对劲了。如此好事岂能正好落到我头上？回忆那农民的眼神，似乎有些狡诈；再回忆画面，不仅构图杂乱，似乎还多出什么奇怪的东西。打开，便傻了眼。的确，画面上有小桥，有流水，有垂柳，有凉亭……可是，怎么还有一辆摩托车！摩托车停在凉亭里，"唐寅"二字，就题在摩托车的旁边。

急忙回去，谢天谢地，那农民还在。上前拽住他，说他卖假货，是个骗子，又吓唬他，今天如果不把钱退给我，就把他拉到派出所。对方却并不急，说，画也许卖贵了些，但其一，我不是骗子；其二，此画绝对是唐寅真迹。然后他掏出身份证，让我看个明白。我一看，差点晕过去。原来这个家伙就叫"唐寅"！画原来是他画的！

细琢磨，其实理亏的是我。就算他真想骗我，也不过想骗我2000块钱，何况人家能画到这种程度，也算得上好画匠了。而我呢？心怀鬼胎，一下子就想骗走人家一百万！自知理亏，于是双方各让一步，最终他退回我500块钱，又送我"别捡漏"三个字当成忠告，事情就算完了。

去师傅那里，将此事说了，师傅说，你打眼了，这太正常。我说，可是奇怪的是，买画的时候，我并没有看到画面上还有一辆摩托车啊！师傅说，那时你的眼睛只顾盯着"唐寅"，别的当然什么也看不见。别说一辆摩托车，就是有一架波音飞机，你也会屁颠屁颠地买下来。我说，吃一堑长一智，我一定要捡回一次漏来，让您高看我一眼。

可是之后的半年里，我不但没有捡到哪怕一次漏，反而屡次被卖家将我"捡"了。并且我的经历，一次比一次窝囊，一次比一次令人不可置信。比如，我买到武则天所画的南京长江大桥，买到吴道子所画的骑着自行车的钟馗，甚至，买到杜十娘所画的人民大会堂……我把这些画一一拿给师傅看，我说我真不明白，像这些连三岁娃娃都能看出来的假东西，我却为什么一次又一次地上当呢？

师傅问我，你当初入行的目的是什么？

我说，捡漏啊！

师傅便笑了。这就对了，他说，因为你心里只想着捡漏，只想着发大财，所以，即使很明显的陷阱，你也会跳进去——捡漏之人的眼里只有漏，没有别的。

人，万万不可有过分的贪欲。有过分的贪欲，就会失去最基本的判断。

减肥记

这几年，我一直有减肥的想法，却没有减肥的行动。我想不过胖些而已，有什么关系呢？目前胖既没有影响到我的健康，也没有影响到我的健步如飞。关键是，我的几个好朋友虽不是太胖，也不太是瘦，我的胖并没有影响到我与他们的交往与友谊。在他们面前，我不自卑。

直到有一天，与几个朋友一起吃饭，有女性朋友劝我，快减肥吧！我问她，一定要减？她说，必须减。问她，为什么？她说，咱们一拨人出去，我们一个个袅袅婷婷，就你"好大一棵树"，别人的注意力就全到你那里去了。我问她，这有什么关系？她不满地说，有什么关系？有你在场，谁还会看我们这些美女一眼？

于是想，正好利用这个机会、用这个借口来减肥——表面上，我减肥是为几个美女朋友着想，事实上，我是为了自己。虽然胖没有影响到我的健康，但是又健康又帅气，谁不想？

说做就做。当天晚上我饱餐一顿，那是减肥前的疯狂。

第二天，我开始了减肥达人教给我的艰苦卓绝的"三根黄瓜两个鸡蛋"减肥法。何谓"三根黄瓜两个鸡蛋"？就是早饭是一根黄瓜加一个鸡蛋，中饭也是一根黄瓜加一个鸡蛋，晚上只有一根黄瓜，没有鸡蛋。饿不饿？不仅饿，简直饿到发疯。毫不夸张地说，那段时间，我看见别人酒后吐出来的东西都想吃。

光挨饿不行，还得锻炼。每天晚饭以后，我都要以"每六秒钟七步"的速度步行十公里。拖着饿到发软的身体，挪着饿到迈不动的两腿，我穿大街走小巷。饭店里的菜香和街边烧烤摊的肉香一个劲儿地往鼻孔里钻，怎么办？只能强忍着。好几次我都想就此放弃，先坐到路边喝一杯扎啤吃一顿羊肉串再说，可是每次想到当减肥成功，朋友们特别是女性朋友们无比崇拜的眼神，我只好继续硬撑。

这还没完。每天暴走回来，休息片刻，我还需要做满二百个仰卧起坐。这是甩掉腹部赘肉的最好办法，虽然那时候，我已筋疲力尽到了身体的承受极限。二百个仰卧起坐做完，洗个澡，终于可以休息了。睡觉时候，两腿疼痛难忍，肚子里"咕咕咕"地叫，夜里的梦，无一例外全都是大快朵颐。

这些并不是最痛苦的。最痛苦的是，有时与朋友小聚，看他们胡吃海塞，自己却只能一杯接一杯地喝茶水，那种滋味，简直生不如死。有时实在扛不住，就会夹一块肉，嘴巴里嚼一嚼，出门吐掉，就当吃了一顿荤。有朋友看我如此辛苦，劝我，算了吧！算了？这么长时间的苦白吃了？死也要减出个样子给他们看看。

那段时间，我认为自己生活在地狱里。

上苍眷顾吃苦的人们，那段时间我体重骤减。两个月下来，我便从九十公斤的大胖子变成了七十公斤的标准男。减肥成功以后，我仍然坚持每天步行十公里，每天做满两百个仰卧起坐，饭却吃得多了些。这时的我，不求继续减重，只求保持住现在的身材。

与朋友们相聚，自然得到了他们的一致夸奖。男人们大多夸我有毅力，能吃苦，女人们则大多夸我变帅了，变精神了。心里想，以后他们再不会说"风头被我全抢走了"之类的话了吧。想不到，仅仅聚会几次以后，便有人开始对我不满了。

那天，与几个朋友一起吃饭，席间突然有一个女性朋友说，现在咱们一拨人出去，就你身材标准，身轻如燕，我们都显得有些臃肿。我们的风头，又全都被你抢走了。

那怎么办？我吃了一惊。

增肥呗！她盯着我，诚恳地说，我觉得你还是胖点好看……

戒烟记

　　我的烟瘾非常大，一天抽三包；我的烟龄非常长，足足抽了二十二年。半年以前，因身体有恙，决心开始戒烟。

　　戒烟以前，我查了一些资料，为自己找到一个最适合的戒烟方法——循序渐进法。大约的做法是：先将每天的三包烟控制在两包以内，坚持十天之后，将烟量控制在一包以内。再坚持十天，努力控制在半包以内。再然后，五根以内，三根以内……最终达到完全戒烟的目的。为了身体健康，我对最终能够戒烟成功，充满信心。

　　戒烟第一天，我请我的兄弟们大吃一顿，又将自己的戒烟计划向他们全盘托出。以后别再给我递烟啊！我拍着胸脯说，我要给诸位烟民兄弟们做一个榜样！

　　我说到做到。头十天，每天两包烟；十天以后，每天一包烟；再然后，每天十根烟，五根烟，三根烟……仍然有朋友给我递烟，说，抽一根解解馋吧！不过一根烟，绝不会耽误你的戒烟大业。可是我硬是咬咬牙，挺住了。牛都吹出去了，再反悔怎么行？我说，我一定得给你们做一个榜样。

三个月以后，我变得脸色红润，身轻如燕。更为重要的是，果真如我所言，三个月的时间里，我绝没有在烟民兄弟们的面前抽过一根香烟。榜样的力量是无穷的，烟民兄弟见我成功戒烟，先是纷纷表示祝贺，然后纷纷效仿，并如我那样根据科学的"循序渐进法"制定了戒烟计划。又三个月过去，圈子里至少有五位兄弟宣告他们在我的带领和号召之下，成功戒烟。

有一天，一位不抽烟的外地朋友路过小城，顺便前来看我。聊起我戒烟的事情，朋友先是吃惊，然后赞叹不已。她说她父亲抽烟很凶，近年来渐感身体不适，于是想戒烟，可是一连戒了四五次，都是半途而废。你是怎么做到的呢？她问我。

很简单。我说。于是我将我的"循序渐进戒烟法"跟她详细讲解一番。我想她应该对这个办法大加赞赏，然后回家让她的老爸如法炮制。

可是我老爸也一直是这样做的啊！朋友说，前几个步骤：三包烟减到两包烟，两包烟减到一包烟，一包烟减到半包烟，然后，十根，五根，三根，都不难。可是，最后一步，一根不抽，他却怎么也做不到。你是怎么做到的？她盯着我，眼神里充满期待。

很简单啊。我笑笑，说，实在想抽烟，就偷偷抽一根，别让别人发现就行了。

嗯？她有些不解。

我其实和您的父亲一样，现在仍然没有将烟彻底戒掉。虽然朋友们都认为我早已经戒烟成功，但其实，我离成功还远着呢！我说，还可以这样说，现在我仍然在戒烟的过程中，并且这个过程，可能会持续很长的时间。

可是你已经成为别人的榜样了啊！

假榜样。

可是你这个假榜样，却让很多不明真相的人真的戒掉了烟。朋友向我竖起大拇指说。

所以，榜样的力量是无穷的。我说，并且这个"无穷力量"的榜样，不必是真正的榜样。假榜样和伪榜样同样可以鼓励别人，我就是最好的例子。

正说着话，电话响了。原来几个戒烟成功的兄弟知道我有远方的女性朋友来，一定要请她吃顿饭，以示地主之谊。去了，胡吃海塞，吹牛扯皮，七八个人，足足干掉十瓶白酒。只有我和我的朋友滴酒未沾，无比清醒——朋友从不喝酒，而我，一会儿还得驱车送她去机场。

中途离席去洗手间，回来站在门口，听到他们的话题再一次扯到了戒烟。未及推门进去，就听朋友用无限崇拜的语气问那几个戒烟成功的兄弟：可是，你们是怎么做到的呢?

很简单啊。兄弟们一起大着舌头回答，想抽烟的时候，就偷偷抽一根，只要别让别人发现就行了。

赏花记

周末，与几个久居闹市的文人去乡下赏花。

正值梨花盛开的季节，田野却被黄澄澄的油菜花覆盖。逮一农妇询问，农妇说，最好的土地，得留给农作物，比如小麦；次之的土地，得留给油料作物，比如油菜；最差的土地，才留给果树，比如梨树、桃树、苹果树、樱桃树。要看梨花，你们得翻过小山才行。文人们一听傻了眼，立即按原路返回，路边搭几个摩的，绕山前往。本来，我们的计划是，不管多远，都徒步前行。

农妇说得没错，山那边，果真有一片雪般的梨花。文人们大呼小叫，像中了头彩一样兴奋。有诗人当场吟诗，却总也跳不过"唯有梨花雪"这一句。人人都争着与最漂亮的那一树梨花合影，叉起两指，喊：耶！声音太大，震得梨花纷纷飘落。

不远处，一位老农正在开荒——先除去杂草，再用镢头将土地刨得松软。自始至终他没有看我们一眼，他把我们和梨花当成了空气。终于，老农开始歇息，一群文人争抢着上前与他合影。

您太有型了。一个男诗人说，看这脸色，小麦的颜色；看这皱纹，荒芜的梯田；看这眼睛，温良恭俭，返璞归真；看这胡须，不屈不挠的野草……

老农笑笑，说，我的胡须是长出来的，你的胡须是做出来的。

老农说得没错。男诗人也蓄了一把浓密漂亮的胡须。只不过每天早晨，他都得对着镜子为他的胡须忙活至少二十分钟——他的胡须是一种人为的随意。

您的梨花美得让人心碎。男诗人说，每天在这一树树梨花间穿梭，每天闻着这一树树花香耕作，您应该很享受吧？

我一点都不享受。老人说，你们会觉得马路边的楼房漂亮吗？我就觉得楼房漂亮。每次进城，看不够……

这不一样。男诗人说，花是花，楼是楼……您看，这一枝，只开了一朵，这叫孤独之美；这一枝，簇拥了这么多，这叫争奇斗艳。深山千踪灭，唯有梨花雪……

可是在我眼里，它们早已不是梨花，而是一树梨子。老农说，我得靠梨子赚够钱，养活自己，养活老伴，买两头牛，买几瓶酒，给儿子交学费，翻新我的瓦房……你说的孤独之美，不行，秋天结了梨子，这个小树枝肯定承受不了，这朵花就得除去；你说的争奇斗艳，也不行，一个枝上的梨子太多，肯定结不大，更不会甜，所以，也得除掉一些。说着话，老人伸出手，将他认为多余的梨花全部摘掉。

文人们盯着那些被摘掉的梨花，恨得牙根直痒。

很残忍吗？老农笑了，手一指，往那边看。

那边，一地梨树桩！我们一直被这片"梨花雪"吸引，竟忽视了不远处的一地梨树桩！那些梨树被贴着地面锯断，却有几棵在又粗又老的树桩上抽出的细嫩的新枝。新枝开出花朵，一朵、两朵……至多不超过五朵——孤独之美。

文人们尖叫着扑过去，赞叹，拍照，不约而同地用上了"震撼"这个词。震撼完毕，又开始骂娘。怎么能把这些梨树锯掉呢？谁这么败家子啊？

我把它们锯了。老农不知何时出现在我们面前，我就是你们说的败家子。

怎么能把它们锯掉呢？这次杀出来的是一位女诗人，它们一生守着这片土地，它们春天开花，秋天结果。它们为您的儿子结出学费，为您的老伴结出衣服，为你们一家结出牛和新房，您怎么忍心把它们锯掉呢？

把它们锯掉，原因很多。老农说，比如那些枝丫实在太老，锯掉，让它们长出新枝，以便结出更多更甜的梨子；比如它们到了寿限，老到不能再结果，与其在地里慢慢腐烂，不如锯掉当一把柴；比如它们不再适合挂果，锯掉，是为了嫁接……因为它们实在不能为我带来收益，锯掉，能让阳光进来，还能在树桩的间隙种上芋头、花生、玉米……

那也不必锯掉。女诗人说，您可以保留这些梨树，当成一处风景，然后多开荒地，用开荒赚到的钱养牛，养鸡，劈柴，喂马，你有一处房子，面朝大山，春暖花开……有道理吗？

有道理，却是诗人的道理，不是农民的道理。老农说，梨树结不出满意的梨子，就不再是梨树，而与杂草无异。就像你，长成这样，穿成这样，想成这样，假设来到农村，两天就把你赶跑了。为什么？因为你是农田的杂草，百无一用；当然，假设我进城，也一样。咱俩身份不同，理解自然不同……

可是这些梨树好可怜呢！女诗人抚摸着受伤的树，梨花带雨。

我知道你们回城以后，肯定会把照片贴上网，配上文字，以告诉别人你们来了一趟乡下，回归了一次自然。但是，提醒你们一句，千万不要丢人。老农笑着说，事实上这一地树桩，只有五六棵是梨树，其余的，是苹果树、杏树、樱桃树……连树都认不清，还"震撼"、还"可怜"？小妮子，现在我问你，你还有资格在这里哭吗？

女诗人哭得更凶了。却不是因为受伤的梨树，而是因为受伤的自己。

老农拾起镢头，开始总结。所以你们这些高雅的文人，只能生活在书本上的梨园里，却不能生活在现实的梨园里。听我的，走吧！就像城市不欢迎我，乡下也不欢迎你们。

老农直来直去，我们表情狼狈。女诗人边哭边走，边走边用高跟鞋猛踩地上的杂草。是时，忽听得老农在身后怒喝，别踩我的芋头！

我的妈啊！活了近四十年，我们才知道芋头长成这模样！

驱鼠记

穷困潦倒的那段时间，我的住处紧挨着一条臭水河。房间里又潮又暗，总是飘着一股死猫死狗的气味。每天我在那里读书写作，与各种各样的编辑通各种各样的电话。后来有一天，我发现一只老鼠住进了我的屋子。

我正写着小说，老鼠从我脚边爬过去。我并不介意屋里多出一只老鼠，甚至感激它来给孤苦伶仃的我做个伴。何况老鼠偷食，只与物种和遗传基因有关，老鼠是无罪的。于是，每天睡觉以前，我都会给它弄些吃的放在屋角，怕它胃口不好，还会给它换花样，保证一周七餐不重复。

有朋友知道我养了一只老鼠，劝我将它杀死。他说老鼠会偷吃粮食，会带来传染病，甚至会在我熟睡的时候啃掉我的耳朵。这些我都不怕，我怕的是它乱啃我的书。那些书，几乎是我的全部财产。

一段时间以后，它果然开始啃我的书。我的住处非常简陋，我找不到一个可以让老鼠啃不到的地方。加上那段时间我交了个女友，她最怕老鼠。有一次，当老鼠突然从她的脚边出现，她大叫一声挂上我的脖子，半天不肯下来。那天我挂着她吃了午饭和晚饭，又去臭水河散了一会儿步。

女友与老鼠，我当然选择女友。

朋友的建议是用鼠夹、粘鼠板或者鼠药之类，我却不想这样做。我只想将它逐出家门，不想取它性命。

我做的第一件事，就是断掉老鼠的一日一餐。那段时间每天我都会去门口的大排档吃饭，屋子里绝没有一粒粮食。我相信用不了几天，这只老鼠就会坚持不住，选择搬家。想不到半个月过去，它还是满屋乱窜。有一次我半夜去洗手间，见它安安静静地蹲在那里，两只小眼睛恶狠狠地盯着我。我猜它是生气了——我现在的做法，如同一个曾经慈爱的父亲为了一己之利，开始虐待和抛弃他的孩子。

可是我没有办法。不仅因为它还在啃咬我的藏书，还因为它已经影响到我和女友的感情。

只好继续饿它。尽管书中自有黄金屋，但我相信一只仅靠啃食书页为生的老鼠支持不了太久。两个月过去，它仍然坚守在我的屋子里，并时时在洗手间里等我。我认为它肯定是在洞里藏了很多吃的，这段日子，它一直靠存粮度日。

好几次，我动了将屋子彻底整理一遍的心思。彻底整理一遍，找到鼠洞，偷去它的存粮，逼它搬家。可是假如这样做，我就成了偷粮的老鼠，老鼠则成了光明正大的主人。那么，之前我的所为，不过是伪善吧？想了又想，还是作罢。

又过去一个多月，再见到它时，它已完全没有了或神采奕奕或凶神恶煞的气势。它缩在洗手间的墙角，有气无力的样子。细看，它两眼无神，皮毛无光，个头也小了很多。显然它断粮多日，我看到希望。

为尽快将它"驱逐出境"，我采取了"饥饿加诱惑"的战术——屋子里没有一点可吃的，却开了门，在门口摆上炒得香喷喷的花生米，然后我坐到沙发上看书，就等老鼠跨出家门，然后将门关紧。此招果然奏效，只待片刻，它便可怜兮兮地出现。它走到门口，盯着近在咫尺的花生米，我甚至能够听到它小小的鼻子使劲翕动的声音。然而一个小时过去，它仍然保持着那种贪婪而恐惧的姿势，一动不动。我有些急，从沙发上蹿起，试图将它轰出去，或者干脆拎起它扔出门外。可是我尚未来到它的近前，它就逃得无影无踪。

如此情景，一连重复三次，我几乎失去信心。那天我再一次在门口摆上香喷喷的炒花生，人窝在沙发里读书。后来我有些困，睡了一会儿，再醒来，就看到它。它静静地缩在玄关，一动不动。我想它可能死了，去看，果然。它是保持着一种极饥饿的姿态死去的——身体缩得很小，脑袋探出很远。

我从未见过那样瘦的老鼠。

这件事让我难受了好多天。很显然，因我喂过它，它已经把这里当成了家，并且是至死不离的家。

梅　花

梅花是一处小镇。梅花是一位姑娘。

小镇民风淳朴，鸡犬相闻。梅花娇小玲珑，温婉柔润。梅花端着簸箕，唤来鸡崽，撒一把米，又拾级而上，倚了门，眺望不远处的戏场。戏场上锣鼓喧天，人声鼎沸。一年一度的掰手节是梅花镇的节日，是梅花百姓的节日，更是梅花的节日。不过今年梅花不想去戏场，不想去看那些憋红脸的后生。戏场上没有强壮敦实的冬青，又怎会有她的心思？

梅花的心思，全在千里之外的小城。

是在掰手节上认识冬青的。梅花躲在一群叽叽喳喳的姑娘身后，双手遮了眼睛，却又透过一指缝隙，偷看冬青棱角分明的脸。冬青的脖子上凸起青筋，手腕上凸起青筋。他胳膊上的肌肉一蹦一跳，汗珠们被弹起很高。他的表情是微笑的，胸有成竹。冬青战无不胜，淡褐色的眼睛，绽放出迷人的七彩。

后来两人就认识了。小镇本就不大，何况女伴们从她的目光里读出一切。更多时候两个人面对面坐着，啜着清茶，却不说话。突然四目相对，梅花粉了腮，忙起身，去厨房给冬青煮两个荷包蛋。那鸡蛋青壳、椭圆，有着磨砂般的质地和光泽。天近黄昏，小镇染上胭脂一样的粉红。

两个人订下终身，没有承诺，全是用了眼神。然后冬青去了城市，他说他得给梅花攒下五间像模像样的房子。

可是梅花不喜欢城市。城市太吵，太闹，太大却太挤，太干净却太肮脏。城市让她手足无措，心神不宁。梅花只要小镇，只要冬青，只要他们安稳的日子。冬青去了城市，那一年，镇上的掰手节索然无味。然后冬青写信回来，说他冬天就回。回来，就把梅花娶了。冬天里他果真回来了，却没有娶下梅花。他说他还得打拼一年，一年以后，五间房子，就变成了楼房。

梅花镇没有楼房。楼房不该属于这样祥和悠闲的小镇。梅花与冬青面对面坐着，梅花的眸子里，刮起了风。她问冬青你真的喜欢城市吗？冬青不说话。她问梅花镇不好吗？冬青说，好。她问我不好吗？冬青说，好。她问那么，你真的喜欢城市吗？冬青便不再回答。梅花起身，去厨房为冬青煮蛋。厨房窗前开着两丛梅，白的似雪，红的似血。

梅花终于决定和冬青一起去城市。尽管她讨厌城市，可是她喜欢冬青。她知道冬青不想再回来，她知道梅花镇的楼房不过是他的一个借口。春日里的阳光暖洋洋的，梅花端坐小院里，在一方手帕上绣着傲雪的梅。忽然就想起已是暮春了，暮春里，梅花们早已凋落，新叶却未及长出。梅花有些惆怅，收了针线，回到屋子。鸡崽们叽叽喳喳，尖尖软软的嘴巴啄着木门，噼噼啪啪地响。

夏天里冬青来信，说他在城里买了房子。信里夹了很多照片：冬青站在屋子的每个角落，英俊魁梧。仿砖的电视墙让梅花犯晕；黑色的抽油烟机让她想起古老的木门；地板亮得耀眼，防盗门牢不可破。梅花盯着照片出神，这是她的家吗？她试图将自己放进照片，却无论如何，也放不进去。

秋天里冬青没有回来。他答应过梅花要参加最后一次掰手节的，可是他竟食言了。他甚至没有写信回来。没有冬青的掰手节，连男人们都觉得没劲。掰手节匆匆而去，梅花的心被撕成碎片，花瓣般撒落一地。

冬天里冬青失去音讯。梅花斜倚门前，顾目远盼。她的手里依然绣着一朵寒梅，她的手白皙透明，淡蓝色的血管清晰可见。

梅花站在牢不可破的防盗门前，敲门。她敲了很久，终见她的冬青。冬青穿着睡衣，睡眼蒙眬。他的身后跟着一位女子，那女子眉眼精致，长发披肩。那么，似乎一切都不必再问。那么，似乎一切都已经结束。梅花笑着退出，又捂了脸。眼泪掉落地上，击穿一方青石。

早春时梅花再一次见到冬青。冬青躺在医院，脸色蜡黄。这就是那个牛般强壮羊般腼腆的冬青吗？这就是那个不想生活在小镇的冬青吗？冬青看她一眼，笑。冬青说我骗了你。当我发现自己喜欢小镇，已经晚了。当我发现自己真的离不开你，已经晚了。天让我走，我不能不走。冬青说，我真的不想离开你。

梅花与冬青的婚礼在几天以后举行。那一天，其实是冬青的葬礼。梅花捧着冬青的照片，穿一袭长裙。她用了小镇传统的装束，她认为冬青会喜欢。照片上的冬青，憨厚地笑。

梅花躺在孤零零的城市，躺在冰凉的木地板上。梅花烧掉绣了大半的梅花，烧掉她所有的心思和往事。那火焰温柔地燃烧，又猛然蹿起，瞬间填满房子，将梅花包融。火焰中响起梅花的歌声，歌声婉转悠长，丝丝缕缕，顽强地穿越城市，回到那个叫作梅花的小镇。

是早春。世间的梅花在早春里开放，我们的梅花在早春里凋零。

凉风暖爱

朋友的童年，苦难相随。

黑暗一点点将他吞噬，朋友的世界终从五彩斑斓变成模糊不清，再变成漆黑一片。那是注定无法医治的眼疾，朋友的父亲却仍然带他四处求医问药。三年以后朋友和父亲终于开始试着接受现实，那时候，可怜并且倔强的朋友，不过九岁。

朋友无数次摔倒又无数次爬起，常常摔破胳膊又磕破了脸。后来他终于可以独自去客厅，去洗手间，去阳台，去厨房，甚至，独自洗衣服，洗袜子。——朋友终于可以面对黑暗，他表现出与年龄极不相称的忍耐与坚韧。

他不再满足于将自己关在屋里。他要走出去，站在阳光里，抚摸每一棵花草。灾难于是再一次降临。一辆汽车将他撞飞，待他醒来，他已经不能动了。

车祸伤到他的脊椎。医生说，他能站起来的机会极为渺茫。

那段时间，朋友看不到任何希望。恰逢夏天，夜里屋子里就像蒸笼，朋友汗如雨下，痛苦不堪。尽管父亲每隔一会儿就为他翻一次身，可是朋友还是长出褥疮。我不想活了！九岁的朋友冲父亲叫喊，杀了我吧！

一滴眼泪落在朋友额头上。父亲的眼泪，寒冷并且哀伤。父亲说，娃，你很快就能站起来。

可是我再也看不见了。朋友说，你杀了我吧！

娃，你心情不好，不是因为眼睛，也不是因为腿。父亲说，你可以在黑暗中自立，不是吗？你心情不好，是因为天太热了。天太热，所以你痛苦，你烦躁。相信我，娃，待秋天，一切都会好起来。

可是夏天似乎没完没了。尽管父亲每天都会坐在朋友的床头为他轻摇蒲扇，可是朋友的心情还是沮丧到极点，烦躁到极点。终于，他开始拒绝父亲。滚啊！朋友说，你连台风扇都买不起，你让我死了算了！

父亲长久地沉默。朋友说那时，他甚至感觉不到父亲的呼吸。

父亲终为朋友带回一台风扇。风扇是他从单位领导那里买来的，花掉十块钱。朋友尚未彻底失明的时候，父亲带他去串门，他见过这台风扇——淡蓝的扇身，宽大的叶片，就像一片被放大的三叶草。父亲让朋友轻抚叶片，父亲说我知道你早想要个风扇，爹穷，还得给你治病，没钱买……这台风扇太旧，转得太慢，不过没关系，有点风，能驱走闷热，足够了。振作些，娃，苦难就像闷热，夏天总会熬过去，待秋高气爽，我保证你能站起来。

父亲将风扇放置到朋友的床前，朋友感觉到凉风习习。朋友仍然不说话，可是在心里，他几乎认同了父亲的说法。

每天父亲都会为他打开风扇，待他睡着，再将风扇关掉。多年以后朋友说，他的人生经历里，给他动力和鼓舞的，有时是冬天里的温暖，有时则是夏天里的凉爽。

朋友伴着丝丝凉爽入眠，梦里站起来，跑出屋子，站在阳光下，站在花丛中。到处花香弥漫。

醒来，父亲已经不在。床头有风扇静静守护，如同父亲。

秋天时候，朋友真的可以站立，走路，奔跑，跳跃。那台如父亲般苍老的风扇也在秋天里走完它最后的岁月——它不再能够转动，静默成为它的唯一。再后来，一个安静的夏天里，父亲永远离他而去。临终前父亲抓着他的手，说，娃，爹不能陪你，先走了⋯⋯留你一人在世间，好好照顾自己⋯⋯

现在朋友成了一名盲人运动员。一次我去拜访他，见那台风扇仍然守在他的床头。那天我们聊了很多，当我告辞时，朋友突然说，知道吗？其实，这是一台不能再用的风扇——我指的是，父亲买它回来时，它就不能再用了。也许风扇是父亲讨来的，我从未问⋯⋯那个夏天，每一个夜里，父亲都把自己当成一台风扇⋯⋯

你怎么知道？

转动的风扇与摇动的蒲扇，我还是能够分辨出来的。朋友笑笑说，还有，最为重要的是——我能够闻到父亲的气息。

你跟父亲谈过此事吗？

当然没有。朋友摇摇头，说，我怕父亲伤心。有些秘密，一旦被揭穿，就会令人伤心⋯⋯其实从父亲扮成风扇的那一刻起，我就长大了。所以，让我熬过那段最难挨的日子的不是风扇，而是父亲的蒲扇，以及他对我滚烫的爱啊！

我看到，朋友的眸子里，泪光闪闪。

蝼　蚁

　　婴儿就在他们的头顶上疯狂地号哭，他们却无能为力。

　　他们的头顶上还有士兵。荷枪实弹的士兵，抽着烟，看着婴儿，手指不离扳机。士兵知道附近肯定有人。这里的人们，绝不可能丢下一个婴儿。

　　士兵在两小时以前袭击了村子。村民们多被击毙，只有他们躲进地下室。地下室极其隐蔽，现在，那里藏着三个女人、一个男人和两个孩子。

　　女人中，她是婴儿的母亲。

　　本来是她的男人抱着婴儿。逃跑时，男人腿部中了一枪，肩膀又中了一枪。他跌倒，爬起，继续跑，用着一种怪异并且滑稽的姿势。他们躲进地下室的时候，男人已经冲进院子，然后，他的后背中了一枪，又一枪，又一枪。男人躺在地上痛苦地挣扎，却用了一种极舒服的姿势抱着他的婴儿。那时地下室的盖口尚未关上，他看着女人，冲她挤挤眼睛，然后目光转向别处。他不想让追赶他的士兵觉察到屋子里还有一个地下室。女人甚至认为，他也许是故意挨上子弹。

女人试图冲出去，可是她被别人强行拖下去。盖口合拢的瞬间，士兵冲进院子。他在男人的脑袋上补了一枪，却留下婴儿。

他知道村子里还有人。

一天前，有村民帮助游击队偷袭了他们的队伍。战斗中他失去两个兄弟——真正的兄弟——父亲将他们兄弟三人，一起送上了战场。

他在等待有人自投罗网。他相信这件事终会发生。因为他有一个婴儿。

婴儿哭着，喊着，也许是饿了。婴儿有着黄色的头发，圆圆的鼻子，眼珠就像褐色的水晶球。士兵盯着婴儿，心中泛起波澜。然后，士兵对自己说，战争早一天结束，他就能早一天回到家乡。

杀光隐藏在暗处的村民，就会距战争结束更近一步。这是长官的想法，也是他的想法。

婴儿一直在哭，一直在哭。

地下室里，两个人将女人紧紧箍住。女人想不顾一切地冲出去，抱起她的孩子，撩起她的衣衫，让孩子含住她的乳头，狠狠地吸，狠狠地吸……她想喊出来，可是声音卡在喉咙，将她噎出眼泪。她薅着自己的头发，浓密结实的头发，此时弱不禁风。

士兵就在他们的头顶上。他们甚至可以听到士兵的呼吸声。然后婴儿变得安静。

地下室里漆黑一片。不能说话，不能动，不能哭泣，不能点亮任何可以照明的东西。黑暗里的女人认为自己并不重要——是死是活，都不重要——重要的是，她的身边还有两个女人、一个男人和两个孩子。

婴儿的号哭声再一次挤进地下室，每一声都像刀子，一下一下剐着女人的心。女人听到她的牙齿发出奇怪的声音，张开嘴，伸手去接，她的手心里，多出一颗带血的牙齿。

附近教堂的钟声响起，女人知道，他们躲进地下室里，已经整整一天。

　　有那么几个瞬间，女人真的想冲出去。冲出去，求士兵放过她的孩子，为此她可以付出一切——她和身体，她的生命，甚至，地下室里其他人的生命。后来她终于决定这样去做，却既动不了，也不能说话。他们将她绑起，衣服堵住了嘴。

　　他们知道，女人随时可能发狂。

　　女人感觉她的身体在抖。女人感觉每个人的身体都在抖。她恨他们，又不敢恨；她怕他们，又不敢怕。后来她想，就算她真的冲出去，又能做什么呢？她相信不管她怎么说，怎么做，士兵都会将她射杀，将他们射杀，然后，将她的孩子射杀。

　　婴儿再一次变得安静。士兵的脚步声有节奏地在头顶上响起。她听到士兵划一根火柴，点燃香烟。然后，一声重重的叹息。

　　女人静静地倚着墙壁，不动。她的手指将坚硬的墙壁犁开一条条深深的沟渠，沟渠里，渗出鲜血。绑住女人的绳子早已松动，女人随时可以推开其他人，叫喊着冲出去。可是她没有。她想，或许她已经放弃。

　　号哭声再一次挤进来，却那么无力，那么微弱。教堂的钟声再一次传来，此时，他们躲在地下室里，已经整整两天。两天里，孩子没吃一点东西，没喝一点水，她躺在冰凉的地板上，任寒风将她的脸蛋冻伤，将她的四肢冻僵；任士兵的目光，一遍又一遍将她打量。

　　女人知道，她的孩子正在一点一点死去。

　　她再一次有了冲出去的冲动。却不是去救孩子，而是让自己死去——死去，便再不必理会孩子的死活，也不必理会别人的死活。

　　她相信，让她在孩子死去以前死去，她会好受很多。

　　可是她终没有动。她闭着眼睛，十指深深地嵌进墙壁。她感觉不到疼痛。

　　她是在孩子死去之前死去的。她因痛而死，因绝望而死。宽容的上帝给了她提前死去的机会。

剩下的人们，安静地等在地下室里，或者等待士兵离开，或者等待被士兵发现——等待活着，或者等待死亡。

士兵是在三天以后离开的。那个婴儿顽强地撑过三天，终因饥饿而死。

婴儿死去时，士兵落下一滴眼泪。

士兵希望战争结束，他用了他认为正确的方式。当战争结束，士兵就会回到家乡。家乡有他的妻子，还有他五个月大的女儿。女儿有着黄色的头发，圆圆的鼻子，眼珠就像褐色的水晶球。

血

　　他们躲进深深的草丛，整整两天。家近在咫尺，却不能回去。他们甚至不能走出草丛——树林里到处都是荷枪实弹的士兵，他们绝不会放过任何一个活动的目标。

　　因为他们恐惧。

　　他们恐惧，所以必须射杀所有百姓；他们，更恐惧，因为他们就是百姓。之前他们甚至没有见过杀牛，杀羊，杀猪，杀鸡，可是他们打过来了——他们打过来，活生生的村人瞬间成为尸体。尸体堆在村子的谷场，如同死去的牛、羊、猪、鸡。他们将坚硬的地面变成血的沼泽，又将沼泽变成长满血痂的硬地。苍蝇盘旋俯冲，野狗成群结队，腐臭铺天盖地，到处都是残肢，毛发，孤零零的脑袋，缠绕在一起的肠子……

　　弟看看姐。弟说，我饿。

　　别出声。姐捂住他的嘴巴。

　　我饿。声音从指缝间挤出。

　　忍着。又一只手捂上去。

　　没办法再忍。他看到子弹击穿太阳，太阳嘭地炸开，成为极小的碎片，暗绿色，紫黑色，苍白或者幽蓝，悬浮，飘动，又在碎片间藏了绿色的眼睛，又在眼睛间藏了红色的血滴，又在血滴间藏了灰色的子弹。他还看到死去的爹娘——爹的脑袋缺掉一半，娘拖着早已失去的腿。他们相互搀扶着来到他的面前，抚摸他光光的脑瓢。娘笑眯眯地将一张烙成金黄的饼掰开，他一半，姐一半。他用力眨眨眼睛，爹和娘都不见了，金色的太阳坠入林莽，一棵狗尾草摇摆不定。

饿。他舔舔嘴唇，说。他的嘴唇裂开一条条深深的血口，他听到砂纸打磨瓦砾的声音。

姐摁低他的脑袋。

家里有吃的。他说，锅里，一张饼。

再忍一忍……

我要回家。他推开姐的手。

姐紧张地抱住他。姐烫得像火。姐的嘴唇被烙出一串白色的水泡。水泡发出嘭嘭啪啪的破裂之音，似乎姐正在干涸和爆炸。

我要回家。他说，我想吃饼，喝水……

最终他留在草丛，姐爬了出去。姐爬得很慢，仿佛一条紧贴地面的扁平的水蛭。他从一数到三十，姐爬出一步。他从三十数回一，姐又爬出一步。姐甚至像变色龙那样不断将身体变幻成各种各样的颜色和花纹，姐与身边的石头和杂草融为一体，难分彼此。姐爬到谷场，凝结的血让那里光滑得如同冰面。姐攀越了堆砌得高高的尸体，姐惊恐并且悄无声息地从脖子上摘下一段墨绿色的肠子……

他打一个盹儿，醒来，紫色晚霞里，紫色的姐还在爬；他打一个盹儿，醒来，灰色暮霭里，灰色的姐还在爬；他打一个盹儿，醒来，白色月光里，白色的姐还在爬；他打一个盹儿，突然，他被枪声惊醒——先一声，然后是连到一起的三声。四声响枪之后，树林重回死寂。他伸长脖子，他看到剪影般的月亮和剪影般的太阳。

中午时分，他爬出草丛。他像姐一样紧贴地面，他从土地的深处闻到腥咸的血的气息。他从一数到二十，爬出一步，再从二十数回一，再爬出一步。他越过高高的尸体堆，在那里，他几乎找不到一具完整的尸体。他真的看到了爹娘，他看到的不过是爹的一条胳膊和娘的一条腿。他越过爹的胳膊和娘的腿，饥饿、干渴和恐惧让他无暇悲伤。

他爬，他看到家。他爬，他越过高高的门槛。他爬，他看到年幼的姐。姐已经死去，睁着眼，一只手护在胸前。他爬，他从姐身上一滚而过。他爬进屋子，他没有找到饼。

他喝掉足够的水，重返院子。他翻动姐，他看到金黄的烧饼。饼掖在姐的胸口，饼被子弹射出四个圆圆的小洞。他抢过饼，咬一口，再咬一口，又咬一口。饼让他安静，给他安慰——他嚼到饼的香，血的腥。

是姐的血。姐的血将饼浸透，让饼柔软然后坚硬。饼在正午的阳光里闪烁出陶般的紫黑光芒。他举着饼，一直吃，一直吃，一直吃，一直吃……他将饼吃得干干净净，未漏下一粒残渣。

第四辑

简单是一种心境

心灵的舞者

　　我是在一个闷热的黄昏里走进那家面店的。已没有空闲的桌子，食厅中嘈杂无比。我站了一会儿，然后奔向墙角里相对安静的一张。那里有一个巨大的落地空调，阴影中，坐着一对青年男女。

　　女孩似乎有些矮，尽管挺直了上身，露出桌面的部分仍显得不够。男孩则高大英俊，脸上带一种涉世不深的很灿烂的笑。见我过来，两人不约而同地朝我点点头，表示欢迎。

　　桌子上当然有两碗面，一大一小。令我惊奇的是，两人各自的前面还放了一个高脚杯，盛着深红的葡萄酒。这样简陋的面店，怎么会有红葡萄酒呢？自己带来的吗？到这样嘈杂且有些肮脏的小店，寻找咖啡屋里才有的情调？

　　两个人碰了杯，抿一口酒。女孩问，外面还热么？男孩拿袖子抹一把脸，夸张地甩着并不存在的汗滴，说，当然。

　　女孩笑，吃完面还要去跳舞吗？

　　男孩吞下一口面，含糊不清地答，当然，说好了天天要去的，你想反悔？

我这才注意到女孩化了妆，淡蓝的眼影恰到好处地衬托了明亮的眸，唇也闪着光泽。那是一张年轻漂亮的脸。

　　同样嘈杂的舞厅，灯光忽明忽暗。男孩女孩挤在人群中，疯狂地透支着体力和青春。这样的画面，自然而然地闪现了。

　　女孩笑，你还扮王子？

　　男孩假装生气，不行吗？怎么也是青蛙王子吧？你都扮了那么多年的天鹅！

　　女孩又笑，声音像春风吹过金属的风铃。我却有些糊涂了。王子？天鹅？难道他们是哪个芭蕾舞团的？这时却不好再盯着他们猛看，只低下头，向嘴里扒拉着热腾腾的面条。

　　听见女孩说，草地上那么多人，都盯着咱们看呢。

　　听见男孩说，不怕，让他们羡慕去。

　　女孩笑，再说你跳得也不好，脑袋把树撞弯了。

　　男孩说，我故意的啊！不引起别人注意，怎么成男主角？再说，我觉得我们现在的配合，比以前在台上，还要熟练得多。

　　女孩问，你说，我还是以前的那个天鹅吗？

　　男孩答，谁敢不这么说，我跟谁拼命去！

　　又一次听见女孩银铃般的笑声。笑声中，我感觉到她发自内心的满足。

　　让男孩帮我递一下餐巾纸，我顺便问，你们，去哪儿跳舞？

　　男孩说出了一个公园的名字。我知道，这个公园距这儿，约一小时公交车的路程。

　　我不解，你们坐这么长时间的车，就为了去那个小树林跳一会儿舞？在哪儿不能跳呢？

　　男孩说，怎么行？那儿观众多啊！女孩急忙纠正，听他胡说！我们是在那儿认识的，几年来，也一直在那儿练舞。

原来如此！黄昏，草地，两个翩翩起舞的年轻人。我想，真是一对浪漫的恋人。

两个人举杯，喝光了残余的酒，男孩轻轻问女孩，可以走了吗？女孩说，好！仍然是笑着的。

我看见男孩站起来，女孩却没动；男孩走到女孩身后，女孩仍然没动。男孩在女孩身后低下身子，然后扳出一个把手，慢慢地推动，女孩便平移起来。

我见到，女孩坐在一个经过改装的低矮的轮椅上。她穿着雪白的短裙，只是膝盖以下，空空如也。

拜

近来他过得很不顺心：情感上，人脉上，以及仕途上——他把这些事闷进肚子，一杯接一杯地喝酒；他把这些事诉给朋友，仍然一杯接一杯地喝酒。可是酒并不能够将他拯救，大醉醒来，生活仍然一团糟。

于是听了朋友的劝告，到处走走，到处拜拜。之前他什么也不相信，甚至，绝大多时候，他连自己都不相信。为什么要相信呢？——世界上有太多虚假的东西，没有什么能与你一路相随。

可是这次，他决心去拜拜神。为什么不呢？朋友说信则有，不信则无；朋友说心诚则灵；朋友说世间万物皆如此；朋友摇头晃脑，像一尊佛——朋友活得滋润，幸福，安宁并且嚣张，朋友说即使真起不了作用，又有什么呢？当成一次轻松愉快的旅行，不好吗？

朋友的话有道理。他身心疲惫，的确应该到处走走。好像很多时候，生活真的应该放松一下，让时间慢下来，停下来，然后将一些看似珍贵的时间浪费掉。他想，即使自己不信这些，又有什么呢？他已经好久没有旅行了。说不定等他回来，一切会回归正轨。

临行前他去看望父母。他说他突然想出趟远门，旅旅游，缓解一下压力，放松一下心情。父亲问你的事情很难解决吗？他说很难解决。父亲问你一个人吗？他说我一个人。父亲问你打算出去多久？他说说不准，十天八天，或者一月两月。父亲问一定要出去吗？他说一定要出去，出去转转，拜拜……信则有，不信则无……心诚，则灵。父亲沉默片刻，说，那路上注意安全。说话时父亲坐在母亲床头，他也坐在母亲床头——他的老母亲，已经病卧床榻多年。

他一路向南，又一路向西，再一路向北。他在繁华的闹市吃正宗的风味小吃，在偏僻的乡野倚树沉思；他在江南温润幽静的巷子里悠闲地散步，在深山古刹与陌生的僧侣侃侃而谈。当然，他拜过太多的神灵。几乎每到一处，他都要拜神——有时在寺庙，有时在荒野，有时在古宅，有时，甚至，在酒店大堂。他拜释迦牟尼，拜观音菩萨，拜文殊菩萨，拜普贤菩萨，拜地藏菩萨，拜十八罗汉，拜玉皇大帝，拜哼哈二将，拜太上老君，拜钟馗，拜关公，拜歪脖老母，拜海神娘娘，拜张果老，拜孙思邈，拜耶稣基督，拜普罗米修斯，拜太阳神阿波罗，拜有名的或者无名的神……他的口中念念有词，态度极虔诚。一路拜下来，他感觉自己几乎成了行拜的机器。

终于，他再一次回到蜗居的小城。城市好像没有丝毫变化，连同他的生活、情感、人脉，以及仕途。只是他的心情稍好一些——一些烦扰或许被他扔在旅途之中。一个多月来，他行踪不定，走过万水千山。

刚下火车他就接到父亲的电话。父亲催他过去，声音焦灼不安，悲伤并且绝望。父亲说，你妈她，可能熬不过今天了。

匆匆赶过去，一路心急如焚。母亲躺在床上，正在艰难地呼吸。母亲喊了他的乳名，声音微弱并且亲切。母亲说还好你回来了。母亲说还好能让我再看你一眼。母亲说你的心情，好些了吗？母亲说以后有事别往心里去，谁一生不遇到点事呢？母亲说这一路上，妈惦着你呢。母亲说可是妈以后再也不能惦着你了。

母亲并不知道他为什么事情烦恼。他从来不说，母亲也从来不问。母亲只知他有心事——他有心事，他需要出去走一走，拜一拜。

母亲说儿啊，我走了，就闭了眼睛。

他跪倒在母亲面前，目断魂销。

他问父亲，妈什么时候开始不舒服？父亲说，你走以前。他问为什么不告诉我？父亲说，她说你的事情重要……谁知道她真的走了。他问为什么不打电话给我？父亲喃喃着，她说你的事情重要……谁知道她竟，真的走了……

似被当头一棒，他愣怔片刻，终于涕泗纵横。一路上他拜了太多的神，许下太多的愿。他祈求神灵帮他与上级处理好关系，与下属处理好关系；他祈求朋友们待他真诚，祈求同事们待他真诚；他祈求工作一帆风顺，祈求明年就可以高升；他祈求能够与妻子破镜重圆，祈求儿子能够健康成长；他祈求他的身体健康，祈求妻子的身体健康；他甚至祈求风调雨顺，官民一心，男耕女织，国泰民安……他祈求了太多的东西，可是，他竟忽略了生他养他的父母双亲！他竟没有祈求神灵保佑自己的父母双亲健康长寿！——他不是不想，更不是不孝。他只是忽略了。

他的母亲，即使到生命最后一刻，即使恍惚之际，也在惦着他，念着他。甚至，不忍打扰他自以为是的旅行。

世界上有太多虚假的东西，包括神灵。唯父母与你一路相随。

简单是一种心境

简单是一种心境。然而，我们看到的大多仅仅是一种行为。

吃厌大店名馆，住烦大厦高楼，便想到山野小菜，乡间炊烟。于是前往市郊或者乡间，寻一农家饭庄，点几个土里土气的农家菜，手捏酒盅茶盏，便以为回归了山野。岂不知那饭庄仍然是城里人开的，那山鸡仍然是养殖场的产品，那农家菜仍然是名厨的作品，那石磨、水井、粗瓷大碗、斑驳并且沉重的木桌，更是经过很多道工序打造而成的工艺品。你所看到的、触摸到的、感觉到的简单和回归，其实只是表象甚至幻象。那种简单比复杂更复杂，换句话说，你被自己欺骗了——你的愿望和你的做法，南辕北辙。

天天以车代步，渐感体力不支，于是想到锻炼，于是想到健身房，于是驱车前往——办金卡，办银卡，上跑步机，上臂力机，跳舞，打拳，将自己弄出一身臭汗。然后，洗浴，桑拿，汗蒸，推拿，按摩，再然后，驱车回家。完事。

我并不反对锻炼，我只是认为这样的锻炼，前部分多了表演的成分，后部分多了享受的成分。其实，丢下车子，每天走路或者跑步，对绝大多数人来说，差不多就达到目的了。锻炼其实很简单，将这种简单置于金卡、银卡上，置于健身房、桑拿间里，便成为一种复杂的简单了。而复杂的简单，便是虚假的简单，伪装的简单。

我认为，崇尚简单是人类的回归。这缘于我们对于复杂和烦琐的厌烦，更缘于人类回归自心的渴望。既如此，复杂的简单，如同错误的指向标，容易让人误入歧途。最起码，也会让本应简单的变得不简单，让我们越活越累。

当然，我们做不到最纯粹的简单——即使向往山野，也不能丢下城里的工作而去山林隐居；即使热爱徒步，也不能天天在上班的途中狂奔。可是我想，至少，我们还能够做到心境的简单。说白了，就是不要欺骗自己：不要将一棵盆景当成参天大树；不要将一盘石磨当成山野乡间；更不要将经过化妆甚至伪装的复杂，当成真正的简单。

而最纯粹的简单，我认为，该是来自我们的内心。真正的简单是什么？是信任，是给予，是真诚，是清澈，是宽容，是博爱。这些美好的品质，容不得虚假，更容不得伪装。

简单是一种心境。如果心境简单，吃荤也是吃素，坐车也是走路，纵有十面埋伏，也能寡欲清心。

没有新娘的婚礼

那个饭店的一楼餐厅，到中午会有很多人前来就餐。整个餐厅嘈杂和拥挤，热气蒸腾。

男孩穿着笔挺的西装，打了漂亮的领带。他的手里拿一只麦克风，站在餐厅一角。他说大家静一静。大家请静一静。

费了很长时间，大厅才稍显安静。正吃饭的人们不解地看着他，不知道他想干什么。

男孩清清嗓子，他说本来今天中午，我应该请你们参加宴席的。可是由于时间太仓促，又没有准备，所以，只能请你们喝一杯酒了。然后，他让服务生给每一张桌子都放上一瓶白葡萄酒。

人们看着他，更加不解。

男孩变得有些羞涩，他说今天，是我和她结婚的日子。昨天夜里才决定的。父母和亲朋在外地，不能赶过来。所以现在，你们都是我最尊贵的宾客。

原来如此！大家纷纷端起各自的酒杯，说些祝福的话。男孩腼腆地笑起来，端起一杯酒，一饮而尽。

新娘子呢？有人问。

男孩就朝门口招招手。人们看到，一位穿着白色连衣裙的姑娘走进来。姑娘既没有化妆，也没有披婚纱。虽然脸上也挂着笑，却没有新娘子所特有的那种羞涩幸福的感觉。

这是她的同事，也是她的伴娘。男孩跟大家解释，新娘今天不会来了。

人们再一次愣住。新娘不会来？这算什么样的婚礼？

是这样。男孩继续说，她是医院的护士，本来我们计划好的，明年国庆节结婚。可是前些日子，她在照顾完一个病人后，感觉身体不大对劲。昨天下午做了检查，才知道原来是被传染了……染上这种病，结果很难说。所以现在，她其实正在医院的隔离病房里。我是在昨天夜里，才决定把我们的婚礼提到今天的。

那为什么不等等呢？有人不解。

为什么要等呢？男孩说，我就是想让她知道，在隔离房门外等待她的，已经不再是她的男友，而是她的丈夫……

男孩掏出一个粉红色的首饰盒，郑重地递给那位穿连衣裙的女孩。替我跟她说对不起，男孩说，因为，我不能亲手给她戴上……

周围静了十几秒钟。突然有人鼓掌。然后，掌声连成一片，经久不息……

一年后，结婚纪念日那天，他们在这个酒店，摆了一个小型的宴会。

有人问女孩，在隔离病房里，每天你想得最多的，是什么？

我在想，我一定要出去。女孩说，因为这城市里，我已经，有了一个家……

午后有雪

正赶一篇稿子，电话响了。伸个懒腰，抓起电话，踱到窗前，把厚厚的窗帘拉开一道缝隙。呵，下雪了。

雪不大，如落英缤纷，洒得从容。地上、房上，盖了薄薄的一层，透着城市原有的颜色：一种真实的灰白调子。太阳早不见了，对雪的突然来访，呈一种认同和纵容的姿态。

电话是打错的。电话里，经常，我会接受陌生人的提审。就像今天。但这次还是有些不同——因为这个电话，我知道下雪了。雪总会带给我柔软的感觉——我感谢那个打错电话的人。

回到桌边，继续敲打我的文字。这一句与上一句之间，衔接得天衣无缝。我想，当这篇文章最终发表，当读者面对我的文章，绝不会有人知道，在这一句与那一句之间，我接了一个电话；在这一段与那一段之间，下了一场突然的雪。在午后，陌生的电话与久违的雪一同介入我的生活，却介入不了我的全部。

稿子写得飞快。我想，写完后，应该带上相机，跑出去，拍两张雪景，传给广西的那位女作家朋友看。她说她从未见过雪，她说她那里是千篇一律的湿雨和愁思。我想一张北方的雪景或许会让她单纯些、阳光些。雪是会净化世界的——也许是遮盖吧，没关系。雪会让人有变小的冲动，从而逃离现实世界的复杂——

十八岁那年吧，一次深夜，我去影碟店租影碟。我穿得单薄，并不知道外面下了很大的雪。雪把夜晚映照得很亮，那是平行的另一个白昼。路过广场的时候，碰上一群年轻人在打雪仗。他们有很多人，雪地里奔腾着肆无忌惮的夸张的笑声。后来我加入进去。那完全是混战，分不清敌我，只朝最近的人瞄准和发射。再后来我热起来，脑袋上冒起了蒸气。这时才猛然发现，空旷的雪地上只剩我和一个女孩。也许我一直在瞄准这个女孩打，也许这个女孩一直离我最近，也许这个女孩也像我一样，完全是陌生的加入者。我们越打越近，越打越近，到最后，面对面了，完全是抓了雪直接抹向对方……再后来雪停了。我记得那时她的脸很红很胖很圆，眼睛笑着，缩成一条喜庆的缝儿。她就那样近距离地看着我，雪在她手上融化。我想那一刻她爱上我了，或者我爱上她了，没关系，总之那一刻，爱情恰到好处地降临。我想雪如果一直下，一直下，我们之间，注定会发生一些什么。但雪停了，女孩说很晚了，回家吧。就回家了。她朝一个方向走，我朝另一个方向走。我想应该去送送她——有这个想法的时候，已是第二天清晨。我再次回到昨天的那个广场，那里的雪地平整洁净。也许是夜里又下了雪？也许那只是我的一个梦？总之一切被抹得没有痕迹，包括突如其来的年轻的爱情。

你在雪地上走，注定会留下一些印迹，比如一个脚窝。这印迹，注定会被继续飘落的雪，或一阵莫名其妙的风，或雪后的太阳，轻轻抹去。泰戈尔说，一只鸟从天空飞过，没有留下痕迹。十八岁不经年的爱情，便是那只鸟，便是那只鸟的翅膀，便是那翅膀上的一根羽毛，或者，便是那羽毛上的一粒轻尘——在某一个时刻，飞快地掠过，没留下一丝痕迹。不是没注意，不是忽略，是没有。

稿子终于写完。当我再一次踱到窗前，当我以为此时的世界一定被铺上一层雪，雪却已经停了。也许雪早就停了，在我放下电话的时候就停了。地上的雪化成了湿漉漉的水渍，房上的残雪顽强地支撑着灰白的色彩，就像一位留着残妆的慵倦的女人。我的相机放在大橱的某一个角落里，我知道，现在我用不上它了。远方的朋友在等待一张纯净的雪景图，我却无能为力。雪停了，我没有能力为她造出一片纯净的世界来，哪怕是虚假的。

一场悄悄而来悄悄而去的午后的雪，就像少年突如其来的爱情，就像许多个一成不变的日子，以及某些一闪而过的纷杂思绪。

小麦草

    老人来到城市，终日足不出户。他说城市里没有山坡，没有庄稼，没有青草，没有牛羊……城市里穷得很，什么都没有。儿子就笑了。儿子说您可以去市郊啊，那里有河，很多老年人喜欢去那里钓鱼。老人听了，头咯吱咯吱地摇。不去不去，他说，那我就回乡下算了。他继续足不出户，整天逗一条叫作"臭臭"的哈巴狗，没滋没味地熬。

    儿子在城里买了新房，接来老人。新房后面是一块不大的空地，老人一边逗着狗，一边往那片空地上瞅。儿子回家时，老人便跟儿子商量，能不能在那块空地上种上庄稼。小麦玉米都行，老人说，反正那块地也是闲着。儿子问行吗？老人说怎么不行？总比长一地杂草强。时已早秋，老人回了趟老家，带回锄镰锨镢和一小袋麦种。老人用整整半个月的时间将那块地翻得平整，又用整整三天的时间将那块地种上了小麦。老人扶着镢头坐在地头抽烟，眉头舒展。明年夏天就有收成，老人对儿子说，那时，你坐在书房里就可以闻到麦香。儿子撇撇嘴，伸了头往窗外看，嫩绿色尖尖的麦芽刚刚钻出地皮，挂一滴露水，显出几分羞涩柔弱。

    第二年春天，小麦变成墨绿的颜色。它们密密匝匝地挨着，宽宽的叶子齐齐地指向天空。小区却要修建围墙，物业管理人员找到老人的儿子，说围墙将会穿过老人的麦地。当初规划就是这样，他说，现在只好毁去老人家的半块麦地。儿子跟老人说了，老人低头抽烟，沉默不语。他知道这不是商量而是通知，他知道这里本就不应该种上小麦。围墙砌得很快，老人蹲在一边，心痛地看着一垄一垄的小麦被连根铲除。后来老人薅一把小麦叶子放到嘴里去嚼，他说城里连小麦都少了那种熟悉的土腥味。

每天老人准时去看他的半块麦地，不忘在地头抽一根烟。儿子问他从窗户里看不一样吗？老人反问他从窗户里能侍弄庄稼吗？儿子说您还真把它们当成庄稼啊！老人说能变成粮食的都是庄稼。儿子说您确信您会收获到真正的小麦吗？您如何收割它？如何脱粒？又如何磨成白面？老人吸着烟，不说话了。是啊！他只想到让小麦长到成熟长到收获，他没有想得太多。

几天后物业管理人员再一次找到儿子，他说他们得把老人的那半块麦地变成草坪。儿子对老人说了，老人的眼珠子立刻瞪上了脑门。麦子全毁了？老人摇着他的头，不可以，绝对不可以。儿子说那块地方本来就应该是小区草坪。老人说那你说小麦值钱还是青草值钱？儿子说你说什么都白搭，明天，他们就开始铺设草坪。老人隔着窗子往外看，小麦们争先恐后地生长。

老人的小麦当然没有保住。第二天，几个农民工打扮的男人将那些小麦全部铲除，又在那片松整的土地上撒上草种，最后在草种上盖上打湿的草帘。老人问你们是庄户人吗？领头的那个人说，是。老人说那你们怎么对小麦下得了手？领头的说没办法啊！为了挣几个钱，什么都得干。老人拾起散落在旁边的一把麦苗，他把麦苗带回来，栽进花盆。

一个月以后草坪就有了绿油油的样子。老人趴在窗户上，突然发现草坪里好像夹杂着几棵小麦！老人跑下去看，果然。小麦已经长得很高，开始拔节、扬花。老人喊来儿子，老人说，谁说只有野草的生命力才顽强？看来小麦也是啊！儿子不解地说几棵小麦把你乐成这样？老人说有了庄稼才像过日子的模样嘛！不然城市会穷成啥样？

可是那天，老人突然发现一位中年妇女弯腰站在草坪里拔着什么。老人一下子想起他的小麦，他慌慌张张跑下楼，问女人在干什么，女人说，拔草啊！

拔草？

拔不一样的草。女人说，像这样的大叶草，像这些灰灰菜，像这些荠菜和苦菜……只要和草坪里的草不一样，都得拔掉，不然的话，会影响到草坪的美观。

那小麦呢？

拔掉了啊！女人指指旁边。几棵小麦躺在那里，任由阳光暴晒，叶子早已经卷起。

可是它们不是草啊！老人的嘴唇哆嗦起来，它们是庄稼啊！

在这里，它们就是草。女人笑笑说，没有用的杂草。说着，弯下腰，继续忙自己的事情去了。

老人盯着那几棵枯死的小麦，胸膛剧烈起伏。后来他捂了脸，七十多岁的老人，突然老泪纵横。

庄稼怎么就变成草了呢？老人反反复复重复着这句话，直到黄昏。

什么都不曾丢失

接到女人的电话，男人急匆匆赶回家。

女人坐在沙发上，正愣愣地等他。看到他回来，女人说，家里来贼了，丢了些东西，七百多块钱、照相机、抽屉里的纪念币、MP3、集邮册……男人问报警了吗？女人说警察刚走。男人问还少了别的吗？女人说，……没有了吧。

屋子里翻动不大。男人说，看来是位儒雅的贼。女人苦笑。男人说你整理一下，我看看别的有没有丢。女人说不用看了，我仔细看过了。男人说也好……你帮我去买盒烟吧。

女人刚出门，男人就直奔卧室。他打开床头柜，取出一个小巧的铺着红丝绒的盒子。男人打开它，心里暗叫：坏事了！几年前他送给女人的一副手镯，竟不见了。

那是一副银质手镯，不贵，却很精巧雅致。当初为买这副手镯，男人吃了大半年的咸菜。婚后生活好了，很多次，男人对女人说，换一副金的吧，或者铂金的。女人却说不，这副多好啊。的确，女人很重视这副手镯，她喜欢柔软细腻的银光在环佩叮当中轻轻跳跃。遇上什么应酬，女人便戴上它们，衬出白皙和优雅的细腕。回家，却把它们摘下，小心地装进这个盒子。平日里女人并不戴它。女人说，婚前你送我的东西，只剩下这副手镯了……别弄丢了。

可是现在，这副手镯真的丢了。显然，那位儒雅的贼，顺手牵走了它们。

男人知道书店的对面有个首饰店。男人知道首饰店的柜台里，放着一对一模一样的手镯。好像那手镯已经放在那里很长时间。这个时代里，一副银质手镯，在大多数人看来，显得那样土气和可笑。男人给他们打电话，说，那副雕刻着百合图案的银手镯，还在吗？那边说还在。男人还想说什么，女人却推门进来。男人急忙放下电话，说，一个朋友。

傍晚男人下了班，并未着急回家。他直接赶去首饰店，要买那副手镯。男人掏出钱，却发现那手镯已经不见了。男人说手镯呢？店员说刚刚被人买走。男人急了，甚至有些恼怒。他说可是我中午给你们打过电话的。店员说可是你并没有说一定要买啊。男人想想也是，心里咒骂自己。他问是谁买走的？店员说，一位很时尚的女士……我也搞不懂，她为什么一定要买这么一副土气的手镯。

男人回家，急急地去了卧室。女人在厨房里忙，大着嗓子问他，干吗呢你？男人说我找盒烟。他悄悄地拉开床头柜的抽屉，悄悄地打开铺着红丝绒的小盒子。男人嘿嘿地笑了。和他揣测的一样，那盒子里，躺着一副崭新的手镯。点点银光流淌，朵朵百合缠绵。

男人坐下吃饭。他对女人说，你再说说，我们都丢了什么。女人说，七百多块钱、数码相机、纪念币、MP3、集邮册……男人问还有吗？女人想了想，说没有了吧。男人便朝她眨眨眼睛，狡黠，悠远，扬扬得意。

男人说，其实，我倒觉得我们，什么都不曾丢失。

206

世间最美的音乐

　　货车行进在中午的公路上。很长的沥青路，两边是绿油油的田野。公路宽阔、单调，似乎永远没有尽头。风灌进驾驶室，连风都是热的。这是一趟可以让人随时睡过去的长途货运，驾驶室里的两个男人，也许早已经恹恹欲睡。

　　副驾驶座上的男人打一个哈欠，说，放段音乐提提神吧！司机点点头，从一堆磁带里挑出一盘，塞进录音机，驾驶室里立刻响起节奏强烈的音乐。那音乐让人的精神为之一振，倦意很快被赶走。可是五分钟以后，尽管音乐还在轰鸣，困意却再一次袭来。

　　副驾驶座上的男人递一支烟给司机，司机摇摇头。副驾驶座的男人说，难道你不困？司机狡黠地笑笑，说，你接着听。音乐在这时突然停止，录音机里传出嘈杂的声音，是几个人在漫无边际地聊天。里面突然传出一个孩子的声音，是个女孩，很清脆很明亮的嗓音。女孩说，下面请听，土耳其进行曲！音乐再次响起，所有杂音消失。

　　抽烟的男人愣住了。他问司机，怎么回事？司机笑笑说，是我的家人。

用这么好的磁带胡乱录？

怎么叫胡乱录呢？司机认真地对他说，这是可以赶走瞌睡的声音。

似乎的确是这样。副驾驶座的男人想起了他的家人。大多时候他一个人开一辆货车，天南地北地跑，有时出一趟远差，来回近 20 天。他想他的家人，他知道家人也想他。他还知道家人除了想他，还时刻挂念着他的安全。一辆大货车，一个人，熟悉或者陌生的远方，却承载了太多人的牵挂。可是没有办法，他得坚持，他得养家。只在晚上的时候，他给家人打一个电话，报一下平安。而在白天，在中午，他得强打精神扶着方向盘。他知道他扶着的不仅是方向盘，还是一家人的幸福。

这是他第一次和另一位司机一起出远门。这趟货很急，公司派他们两个人轮流开车，人歇车不歇。他们根本不会有休息的时间。

录音机里再一次传出杂音。这次是一名女人的声音，她哼着歌，好像正在炒菜，男人听到葱花爆锅的声音。杂音非常短，曲子又接上了。是一首很著名的曲子，悠扬的音乐声再一次在驾驶室里回荡。

是你的妻子？男人问。

司机笑着点头，目光变得柔软。

你录下这些声音，听着这些声音，人就不困了？

司机笑笑说是这样。音乐天天听，再好也会听厌，但是家人的声音不会。特别是出远门，特别是一个人闷在驾驶室里，特别是夏天的正午，当音乐突然被打断，当家人的声音突然响起，你的精神就会为之一振，当然也就不会太过困倦。或者，即使你仍然困，你也会提醒自己小心开车。因为远方有家人，有他们的牵挂和思念，你怎么敢困呢？

家里人知道你录了他们的声音吗？男人问道。他注意到，每隔大约五分钟左右，音乐就会被司机家人的声音打断。他想那也许是他们难得的一顿团圆饭，很显然，在那天，这位司机不停地按下录音键。

除了我女儿，没有人知道。司机愉快地笑，这是我和她之间的秘密。

曲子再一次被打断，录音机里传出一个苍老并且慈祥的声音。男人问司机，你母亲？司机点点头，眼睛却警觉地盯着前方。公路在前面变窄了，路况也开始复杂。司机按了几下喇叭，抱歉地对男人说，对不起总让你听一些没头没尾的曲子。你不会介意吧？

　　男人也笑了。这时倦意已过，他感觉自己似乎正变得精力充沛。他示意司机将车子停到路边，换他来开。他说我不仅不会介意，并且在以后，我也会录这样一盘磁带，等一个人出门时，等中午困倦时，反复地听。我想有了这样的声音，我不但会精神百倍，还会更加小心地开车。无疑，这是世间最美的音乐……

一枝花

几年前的一天，我经历过一场刻骨铭心的失恋。我在城市的霓虹里等候女友，她却终于失约。电话打过去，说得近乎绝情，似乎我们并非一对恋人而是战场上你死我活的对手。挂断电话时，我发现自己的手里，仍然拿着那枝花。

一枝本该送给女友的紫红色玫瑰，象征着美好、纯洁、高贵的爱情。可是今夜这枝玫瑰注定派不上任何用场，它的命运应该属于某个垃圾箱——连同这场荡气回肠的恋爱一起被丢掉。

我捏着那朵花，垂头丧气地往回走。花儿逐渐枯萎，指向地面，就像我的心情。经过一个路口时，我在昏暗的灯光里看见一位女孩。女孩十四五岁，脸很脏，穿着破烂的衣服，一只胳膊吊在胸前。女孩跪在路边，就像一只不安的羔羊，眼泪汪汪地盯着面前脏兮兮的锈迹斑斑的铁皮桶。

她是一位年龄很小的乞丐。铁皮桶下压着一块白布，白布上清楚地写着她的无奈和苦楚：父母离异，中途辍学，流浪到此，又受了伤，她很饿，等等。我注意到她手腕的位置，有着已干的紫黑色的血迹。女孩楚楚可怜，让我倍生怜悯，于是我往前一步，想给她一点点钱，帮她渡过难关。这时才想起来口袋里已经没有了一分钱——所有的钱，都被我在一个小酒馆里挥霍得干干净净。

那么，就把手里的这枝花送给她吧。一枝玫瑰花，一枝本该送给女友的玫瑰花。玫瑰花不能吃，不能喝，不能买到任何东西，不能给女孩解决任何问题。把玫瑰花送给她，只因我已走到她的面前，只因那枝花对我来说已经毫无意义。我把花插进铁皮桶，立刻有围观的人发出低笑。女孩微微抬头，见铁皮桶里突然多出一枝花，愣了一下，然后抬头看我，目光里尽是懵懂和不解。

她的眼神让我无地自容——我本该送她一点钱，却送出一枝毫无价值的玫瑰花。

这件事很快被我忘记。生活中有太多比爱情和玫瑰更重要的东西。可是今年夏天的一个星期天，当我从一家商场走出来，突然被人喊住。

是一位二十多岁女孩，穿着白色的连衣裙，扎着长长的马尾，很漂亮很清纯，胸前戴着本市一所大学的校徽。女孩守着一堆化妆品，显然，她是这个品牌化妆品的临时促销员。女孩问，你不认识我了吗？几年以前，你曾经送给我一枝花。

可是这怎么可能？几年前的女孩愁眉苦脸，面前的女孩活泼阳光；几年前的女孩是一个乞丐，现在的女孩是一位大学生；几年前的女孩不安拘谨，现在的女孩开朗大方。再说，假如她真是那个乞丐，那么当她的难关过去，她应该回到家乡而不是留在这座城市吧？

女孩似乎看出我的疑惑。她告诉我，她真的是几年前的那个乞丐，她在这个城市过了约半个月乞讨的日子。不过那时，我只是在利用你们的同情心，女孩惭愧地说，我所说的话，还有我受伤的胳膊，都是假的……

你为什么要这么干？我大吃一惊，你那么小……

因为我真的想读大学。女孩说，家里很穷，不可能供我读完高中，于是我想讨一点儿钱，回去继续读书。我自作主张，没有跟父母商量……不过我相信自己能够考上大学。女孩指指胸前的校徽，对我说，三年以前，我就做到了。

　　是用乞讨来的钱吗？我问。

　　当然不是。女孩说，你见到我的那天晚上，也是我留在这个城市里乞讨的最后一个晚上……第二天我就回了家……当然我没有马上读书，我帮父亲干了两年农活，家里才稍有积蓄……读高中时，家里条件稍好一些，可是我仍然得利用假期赚点钱。不过请你相信，我没有再骗人……填报志愿时，我选了这个城市的这所大学，不仅仅因为这里学费较低，还因为我想在曾经乞讨过的街道上走一走……昂首挺胸地走，不再低头和不安……现在虽然学习紧张，可是我还是能够利用星期天和假期赚一些钱，加上奖学金和家里寄来的钱，足够我读书了。

　　女孩似乎非常满足于她的生活。她冲我笑，露出整齐洁白的牙齿。

　　可是你为什么突然不再乞讨？我问，只因为我送给你一枝花？

　　是的，只因为那枝花。女孩说，你识破了我，却并不揭穿。你不给我钱，却只送我一枝象征美好和希望的玫瑰花。那枝花，还有你送花时的眼神，让我在那个夜里，无地自容……

心随普洱

初识云南普洱，全因一位朋友。

朋友喜文，更喜茶。

那时我们过得都不顺心，便常去一个叫作"香茗光阴"小茶馆里泡时间。茶馆不大，却是环境幽雅，古香古色。老板是一位三十多岁的漂亮女人，见我们去了，莞尔一笑，转身，一会儿，一壶茶送过来，再笑笑，轻移莲步，款款离开。

她从不打扰我们。很安静。如茶。

那茶，便是普洱。朋友说这是老板为他准备的专用茶，知他喜茶，更喜普洱。

我不懂茶道，可是我懂茶的色泽和味道。形美，色透，香浓，味醇。这是普洱茶给我的第一印象。

朋友说，普洱茶就像朋友。形美，不能对朋友有任何龌龊或者猥琐的表情；色透，与朋友接触，多一点单纯，少一些杂念；香浓，要让朋友感觉到你的正直与热情；味醇，好朋友是用来品的，时间越久，越能品出其中的醇香。

是这样。我同意他的说法。

后来那个茶馆便成为我们小聚的固定地点。每次都是一壶普洱，每次都是半天时光。喝得多了我才知道，原来普洱分为很多种：大益普洱茶、熟普洱茶、陈年普洱茶、普洱减肥茶、普洱养颜茶、普洱长寿茶，等等。各取所需吧！朋友说，养胃，护胃，解酒，提神，减肥，养颜，降血压，悟道，就看你有没有茶缘。

喝茶也需要茶缘？

朋友说当然。识茶者才有茶缘，有茶缘者才能识茶。人生苦短，喝茶首先是为着享受一段恬淡和娴静、从容和闲暇，就是说，你需要静下来，与茶交流，你得把茶当成自己的朋友，然后，你才有资格从茶那里索取，比如我刚才说的，养胃，护胃，解酒，提神，减肥，养颜，降血压，悟道……

真的能？

还是那句话，就看你有没有茶缘。

后来朋友去远方打拼，离开这座海滨小城。再去茶馆小坐，便只剩下我一个人。仍然是那个座位，仍然是那个茶馆老板，仍然是一壶熟普洱或者陈年普洱，我想，其实每一壶普洱，都是一壶光阴。

前几天突然得到朋友回来的消息，忙去见他，已是瘦了一圈，更年轻，也更精神。问他为何，他说，喝普洱的原因吧。

我说难道与我没有关系？

他说当然，当然有。喝普洱，想你，人便瘦下来。我早说过，好朋友便如好普洱，好普洱也是好朋友。顿了顿，又说，好像你也瘦了。

我想他并非在开玩笑。自认识了普洱，便再也离不开它。我不仅从普洱那里得到了精神的愉悦，更得到了身体的健康。普洱给我太多，我早已把它当成朋友，并且，我想，假如普洱真的有灵性，那么，也会把我当成它的挚交吧。

那天我们一直坐在那个茶馆品一壶普洱，外面大雪纷飞，世间安宁。一切都没有改变，包括普洱，包括朋友，包括四季，包括光阴，唯一改变的是茶馆的名字。

　　进来时，我见到的是三个古朴沉稳的大字："普洱汇"。

新年的剩饭

　　在我老家，大年初一是要吃剩饭的。早饭吃水饺，午饭不吃或者随意，晚饭则是除夕夜的剩饭剩菜。以前生活贫穷，是这样；现在生活好了，亦是这样。我想这风俗大概缘于胶东半岛贫穷的历史——在贫穷的日子里，只要沾些腥荤，哪怕剩饭剩菜，也是美味佳肴了。

　　外地人对这样的风俗却并不理解。我有一个老家朋友，今年将他的未婚妻带回村子过年，就因为这个风俗，两个人险些在父母面前翻脸。他的未婚妻是湖北人，在她的老家，过年时，讲究处处"新"。穿新的，吃新的，用新的，连说的话，都是新的。如果家里来了客人或者亲戚，更是隆重得不得了。然而当她来到未来的婆婆这里，大年初一却受到吃剩饭的待遇。她认为，也许是婆婆对她有些看法。有看法，不好明说，便用吃剩饭这样的方式表达出来。

　　尽管表面上没有发作，但当一顿饭吃完，她偷偷把我的朋友拉到一边，问，用剩饭剩菜招待客人，你家一直如此？

　　朋友说当然不是。大年初一吃剩饭，是我们这里的风俗。

　　她当然不肯相信这个奇怪的风俗。她仍然认为是朋友的母亲不喜欢她，所以用一种冷淡并且刻薄的方式，来表达她的不满。

朋友急了，说，不信你去问我妈。

她说，那不等于没问？

朋友只好把电话打给我。当然他并没有告诉我他们发生了争执，他在给我拜完年以后，突然问我，咱们这里的风俗，大年初一吃什么？

一句话问得我莫名其妙。问他，吃饱了撑着了？

他说，快回答啊。晚饭吃什么？

我说，当然是剩饭剩菜。

朋友笑了。我听到他在电话里说，你听听，我没有骗你吧。

第二天中午，朋友拉我去他家吃饭。饭桌上，他给我和他的父母讲了未婚妻因为吃剩饭剩菜一事与他起争执的事情，让我们好一通笑。笑完细想，风俗归风俗，但大年初一让一个未过门的媳妇吃剩饭剩菜，似乎真的有些怠慢人家。于是朋友的母亲急忙下地，一定要多炒几个菜，以示补偿。

菜最终没有炒成。因为朋友的未婚妻说，不能因为她来了，就乱了家里人的风俗。她说其实她并没有生气，她只是好奇而已。她说，假如两个人相亲相爱，一家人和和美美，吃什么并不重要。就算顿顿粗茶淡饭，又有什么呢？她对朋友的母亲说，我嫁的是一个好男人，又不是好菜好饭。

那天我和朋友喝了点酒。我们谈了风俗，谈了人生，谈了亲情，也谈了爱情。我们没有得出什么高深的结论，我们达成的共识是：之于风俗，不管有多奇怪，都没有对与错；之于爱情，之于生活，则柴米油盐——珍馐美味也好，粗茶淡饭也罢，两人只要快乐，只要恩爱，便是幸福的吧。

新皮鞋

新皮鞋让我的脚很不舒服。

一年中大概要买两双新皮鞋。买回来，打上油，放在那儿。逢自认为重要的日子，首次穿上，配着笔挺的裤线和红光满面的脸，也是仪表堂堂。然后，晚上回家，我的双脚告诉我，我其实是把自己的快乐，建立在它们的痛苦之上。

好像我从没有买到过一双真正合脚的皮鞋。所有的皮鞋在鞋店试穿，都跟定做似的合适和体面；所有的鞋开始正式服役后，又都仿佛成心跟我过不去。不是后面啃脚跟，便是前面顶脚趾，要不就是从八个方位全面地往里挤压。总之，感觉就是一个字，"小"。鞋子不合适，强加给双脚的痛苦便可想而知。于是想，发明"穿小鞋"这个俗语的人真不简单，外面看来，你仍是光光鲜鲜春风满面，实际呢，双脚与你心，早已是苦不堪言了。再想中国古代刑具，怎么能把"小鞋"给漏掉了呢？给犯人穿上硬邦邦的小鞋，让他从开封府一路走到济南府，半途中，犯人受不了折磨，也许就会全招了吧。

新皮鞋得穿上一段时间，才会真正地合脚。但到现在我也搞不明白，到底是双脚迎合了鞋子的尺寸和形状，还是鞋子迎合双脚的大小和长势。真正屈服的一方，到底是谁？但有一点是毫无疑问的，从鞋子合脚的那一天起，那便不再是新皮鞋，逢大的场面，也不再能带给你光亮亮的信心。想找找崭新的脚上感觉，就还得受那么一次苦。

记得读高中时，有一阵子，校园里流行军警靴，男生们都以拥有一双为荣。其实全都是假冒产品，小摊上，十几元钱便可以弄来一双。大家买来，并不穿，摆在宿舍里，下晚自习后，全都拿一块破布反复地擦，直到鞋面如镜子般闪光。然后，终于熬到期末了，学校开大联欢了，可以近距离地在全校的漂亮女生面前招摇了，便疯了似的呼啦啦一齐穿上，再把裤角揣进鞋口里，威风凛凛好生气派。这时，你趴到桌子底下，只能看到一片乌光铮亮的假冒军警靴和一溜同样铮亮的小腿，感觉很有些像新中国成立前的某一支杂牌军。再然后，联欢会散了，小子们也要完了，回到宿舍，一齐脱了新鞋，一边揉着受伤的双脚，一边哼唧哼唧地惨叫，伴着满屋子的脚臭，营造出一片"凄凄惨惨戚戚"的悲壮气氛。那是我迄今为止见到的最壮观的行刑场面。怪谁呢？英俊、面子、派头，总是要付出代价的，哪怕是近乎虚假的面子。

记得一次看央视的《梦想中国》，一位小巧的女生边走边唱，边走边唱，突然间，人虽然走出去了，左脚的后方却多出一样亮闪闪的椎体。女生没有表情变化，继续唱，夹着高音和颤音，夹着迷人的笑，直到唱完。后来观众才发现，原来是她的鞋跟掉了，崭新的皮鞋，有着完美弧线的皮鞋，却在关键的时候，断成两个毫不相干的部分。她就那样跷着左脚，踩着虚无的高跟，坚持着自己的表演。后来她接受主持人的采访，接受评委和观众的打分，漫长的时间里，她就那样跷着一只脚。在被淘汰的一瞬间，她哭了，哭得连电视机前的我也老泪纵横。看来，即使是一双新的皮鞋，也可能会令你莫名其妙地丢掉面子，甚至于，由此失去一次难得的人生机遇。

那么，还是旧皮鞋好啊！我这样跟你说。

但假如，我现在拿一双新皮鞋，跟你的旧皮鞋交换，你换不换？你当然会换，不换才是傻子。

当然，那基本上是不可能的。你想，我会这么傻吗？

延续幸运

影星陶虹在踏进影视圈以前，曾是一位花样游泳运动员。那时，电影《阳光灿烂的日子》里需要几个跳水的镜头，剧组跑去挑人，便挑走了陶虹。后来，陶虹以她极具感染力的笑容赢得了该片女二号的位置，并从此一鸣惊人，成为很多人喜欢的影星。

成为一部片子的女二号对于陶虹来说，无疑是一个意外的幸运。

女作家叶广芩曾是西安某医院的一名护士，一次她看到一位同事在为杂志里一篇小说的情节掉眼泪，便开玩笑说：为这伤感太不值得，这样的文章我也能写。没多久，她的第一篇小说真的发表了。再后来，叶广芩便一路写下去，划出了完全不同的人生轨迹。

第一篇小说的发表对于叶广芩来说，也是一个意外的幸运。

假如没有《阳光灿烂的日子》，那么，陶虹也许会成为一名非常优秀的花样游泳运动员；假如没有同事的眼泪，叶广芩也许会成为一名非常优秀的护士长。但无疑，现在，少了一位优秀的影星，少了一位优秀的作家。

极具表演天赋的陶虹本应是属于舞台的，同样，极具写作天赋的叶广芩也本应属于文学界。但成就她们的，并非刻意，却是意外。

同样的例子，不胜枚举。

我想，假如陶虹继续她的运动员生涯，假如叶广芩继续她的护士生涯，假如她们只不过把两次意外的幸运当成人生的经历，那么，她们也许会成功，但也许无法到达人生的巅峰。她们最终的成功就在于，好好把握了一次意外的幸运。最为关键的是，她们把这种意外所带来的幸运，无休止地延续下去。

有些幸运是可以延续的。而延续幸运，除了天赋，还需勤奋，以及磨炼。

将幸运延续下去，便达到另一种成功。而事实上，这个延续的过程，才是磨炼的开始。

弗朗西斯·培根说：骤来的幸运造成一个活动家或躁动者，但是经过磨炼的幸运却造成干材。

这并非易事。其实，延续幸运的过程，远比意外幸运的来临，要艰难得多。

眼前的快乐

星期天去书店买书，路过朋友的小店。心想好久没见到这位朋友了，不妨进去打个招呼。

朋友正在下棋，见了我，简单寒暄几句，然后让我先喝杯茶。朋友抱歉地说，马上完马上完。这时起身就走显然不太礼貌，心想就等他下完棋吧！我是他的朋友，难道下棋的那位不是？

那盘棋，朋友输得一塌糊涂。他把棋盘一推，对我说，来，你和他杀一盘，给我报仇。说实话，不用他说，我也早想奔赴疆场了。三年多没碰棋，看朋友下得这么臭，当然手痒得很。于是开始下棋，从一盘，到两盘，然后三盘。输了，想赢；赢了，还想赢。最后棋下完，看看表，已是下午一点多了。

朋友留我吃饭，态度不容推辞。我说我还得去买书呢！工具书，大上个礼拜天就该买了。朋友说好不容易来一次，怎能不吃饭就走？吃完饭我开车送你去！……我这还存了一瓶伏特加呢！朋友这么一说，我不仅肚子咕咕叫，口水也快要流下来了。心想反正好久没喝酒了，这次就喝点，何况还是伏特加。朋友匆忙炒了几个菜，与我推杯换盏起来。

这顿饭吃得过瘾，喝得也爽快，一瓶伏特加很快被我们两个干掉。喝完酒又喝了杯浓茶，这才想起买书的事。我对朋友说，快送我去书店吧！朋友歪在椅子上露着酒后特有的傻笑，你看我喝成这样，还能开车吗？

没办法，只好一个人去。摇摇晃晃走到门口，再一次被朋友拉住。别去了，他说，陪我去洗海澡吧！等洗完海澡，醒了酒，我开车送你去。朋友的话又让我想起自己有近一年时间没洗海澡了，竟愉快地答应了他。于是和他步行十分钟，去了海水浴场。那个下午，我玩得那叫畅快。

海澡洗完了，天也黑了，书店也关门了。朋友倒真的开车送了我，不过是送我回家。在车上，朋友对我说，下个礼拜吧，如果有时间，你还来找我，我一定开车送你去书店买书。

说实话，那天我玩得非常快活。既过了棋瘾，又过了酒瘾，还过了海澡瘾。除了没去书店买书，我认为那是美妙的一天。对我来说，好像下棋喝酒洗海澡，哪件事都比面对一堆砖头似的工具书有诱惑力。可是我那天的本来目的，不是去书店买书吗？

我们去做一件事情，途中总会分出一些事来，这些事会让你迅速忘掉本来的目的和旅程，并让你为自己的拖沓寻找理由，然后轻易将自己原谅。

之所以你会沉溺其中，只因为，那是眼前的快乐。

一朵花的生命长度

一朵花的生命，可以有多长？

从开放到凋谢，我们把这段时间称作它的花期。花期最短的如小麦花，只有短短的五到三十分钟；花期最长的如热带的一种兰花，竟然长达八十多天。一朵花的生命长度取决于它的原始归属，即，它是一朵小麦花，还是一朵热带的兰花。

可是我们知道的是，一朵花的生命其实可以变得更长。比如将这朵花插进花瓶，如果室温正好，如果花瓶里的水兑上适合它的营养液，这朵花的花期便可以延长，花朵也会更加绚烂鲜艳。比如一朵玫瑰或者百合，它的花期便可以增加几天；比如那种热带的兰花，它的花期甚至可以长达一百多天。所以一朵花的生命长度可以是几分钟加上几分钟，也可以是几天加上几天，这完全取决于我们是否给它们准备了兑过营养液的水，取决于我们是否希望它开放得更为长久更为美丽，取决于我们对它的态度。

那么，爱情也是如此吧？或者，事业也是如此吧？更或者，人生也是如此吧？在它们有限的生命长度里，只要为它们准备了恰到好处的

"营养液"，然后小心翼翼地加以呵护，它们的生命就会更加持久，它们的绽放就会更加美丽。而这营养液，我认为就是关爱，就是善良，就是忠贞，就是真诚，就是谦逊，就是勤奋，就是勇敢，就是公正，就是冰魂雪魄，就是豁达大度——就是人世间，一切美好的品质。

一片金黄

朋友跟我说，他在住宅楼的后面找到了一块空地，种上了小麦。小麦啊！朋友表现出神经质般的兴奋。

便与他一起去看。果然是小麦，不大的一方，顶着清晨的露，展示娇嫩的绿，像大地长出的绒毛。看了一会儿，我突然问，怎么收割呢？

收割？朋友愣了一下，好像，他从未考虑过这个问题。

脱粒呢？我继续问。朋友笑了，他说，不收割。为什么要收割？我要的就是那片金黄。

是的，那片金黄。每年初夏，全中国的麦区，总会有大片大片的金黄。盆地和平原是金黄的海面，丘陵和高原是金黄的浪尖。有时，那片金黄会随着渐高的山峦，一圈一圈地向上旋起，然后，便接了棉絮般的碎云。

金黄是最高贵的颜色，那是生命的颜色。收割也是高贵的。但收割的农人并不高贵。丰收所带来的，除了温饱的喜悦，还有超负荷的体力劳动，以及这种体力劳动在心理造成的恐慌。生活在城市里摆弄盆景的人，永远不能体会那种喜悦伴随着恐慌的感觉。

成熟的小麦并不理睬农人的辛苦，几天之后，麦穗爆开，麦粒便向田里弹射，中午太阳暴晒的时候，你甚至可以听见麦粒击打土地的钝响。有时遇上阴雨天，雨淅淅沥沥的，不大，也不停。那金黄便开始发灰，像生锈的首饰，或者被污染的海面，麦粒就开始霉烂，或者发芽。便有村人跑到大路上喊，老天爷啊，开开眼吧。大部分时间里，老天爷并不理会这种祈祷。

几天之内必须把所有的小麦收割完毕。村人蹲下，就不再起来，一只镰刀机械地舞着，两条弯曲的腿缓慢且艰难地前移。偶尔会从麦田里蹿出一只兔子，村人说，兔子。可惜了一个酒菜。却有气无力地，目送着兔子逃向远方的沟畔。

身后很快被汗水浸透，画一个湿润的圆，像贴着一块尿布。然后是前胸，腋窝，以及所有干燥的地方。女人们便显得格外丰满，衣服勾勒出疲惫肌肉的轮廓。割到地头，拿起水壶喝一口水，烫嘴，带一种太阳的臊腥味。便抹了嘴，骂一声天气，再蹲下。一镰一镰地向前挪动，却已没有了思维，只剩下向前的惯性。小麦是不等人的。田间的小麦只能靠钝厚的镰刀，一点一点地减少。

镰刀在新石器时代便已经定型，到 20 世纪 80 年代初，甚至现在的很多地方，中国的农民却还在用它。那是粮食的保障，生命的希望。那是农民们重要的生产资料之一。

我那时小，哥哥也不大。大约天还没亮，便下了田。父母亲拼命地割，我和哥哥拼命地搬。搬运用的是一种独轮车，灰头土脸的，装上了带秸的麦，便成了庞然大物，显示出与我的身躯的极不协调。有时下坡，我就会飞起来，手撑着车杆，脚却踩不到地面。于是开始号叫，像杀猪般。没有用，车子无一例外地翻倒，撒了满地的麦。

拼命地搬，也搬不完。收工后，父亲会亲自搬一车。那是一个巨大的麦车，让人想起蚂蚁叼着的一头大象。巨大的麦垛遮了父亲的眼，我在前面嘶喊着，调整着车子爬行的方向。

这时已经有月了，却不能休息。打场上早已堆满了人。收割的麦是要脱粒的，脱粒机也是古老的，那是一堆胡乱堆起的废铁，发着古老而尖锐的轰鸣。经常会有村人为了谁先拥有脱粒权而打起架，动了铁锹和木棒，甚至砍刀。有蚊虫在灯光下漫无目的地飞，偶尔瞅准时机，吸一口村人廉价的血。

脱粒机按时收费，所以脱粒便成了战斗。为了省下那么几毛钱，村人的身体像高速转动的陀螺，透支着可怜的体力。空气中满是扬起的灰尘，一点点地积压，仿佛凝为尘的固体。人就在那种固体的空间里战斗，刚刚被风吹干的衣服，就又一次湿透。

不断有麦粒从机器里弹出，打在身上，脸上，甚至眼睛上，却忘记了疼，这时的神经已接近麻木。有时我在后面叉秧，脱粒机吐出的麦秧叠在一起，似不断砌高的山，无论怎么拼命，山仍是不断地增高。于是想哭，却没有哭的时间。

有时脱粒机会被疯狂塞入的麦秸卡住，皮带仍在打转，机器却罢了工，发着凄厉的低鸣。人们便会拿棍子去捅，或用手将卡住的麦秸向外捯拉，一番胡乱的动作后，机器"嗡"一声开始重新工作，却有人被皮带或者滚筒挤破了手。我曾亲眼见过一个村人因此失掉了三根手指，手指被一点肉皮连着，摇摇荡荡，像一串鲜红的风铃。风铃连着惨白的青筋，那血就滴在了麦粒上，盛开成一朵艳红的血花。过些日子，那些滴了血的麦子被磨成粉。再过些日子，被端上某个城市人家的饭桌，成为馒头或者大饼的一部分。

每个人的脸都成了黑色，像糊了百年的淤泥，厚厚的一层。终于，最后的一粒麦从机器里流出，人便躺在地上，呼呼地喘气。有人激烈地咳着，吐着一口一口的黑痰，找到水壶，晃晃，却是空的。机器却不能停，要推去另一家的打场，疲惫的人们一齐喊着调子，脱粒机的铁轮，在打场画出一道浅浅的弧线。

这时，或者已是夜半，或者已是凌晨。回到家里，匆忙洗一把脸，咬一口凉饭便睡。和哥哥醒来时，已是第二天中午。父母却早已不见了，他们也许根本没睡，早已在另一块地头重复着头一天的劳作。在我的记忆中，在收麦的近十天的时间里，我几乎看不到父母躺下休息。

我不知道村里别的父母在麦收季节里睡不睡觉，也许，他们在睡觉时，也是睁着眼睛，祈盼着不要落雨；我也不知道是不是所有的中国农人在那几天里，都不睡觉。我只知道，小麦被收割，变成了粒，磨成了粉，这世上的人们，才不会挨饿。

金黄的面积在一点一点地缩小，变成零零散散的，失去了宏伟的气势。后来，最后的一抹也终于失去，这时候，麦收便结束了。每个农人都黑了一圈，也瘦了一圈。或者，即使没有麦收，农人也是黑的，瘦的，"黑的，瘦的"那是农人的标志。

割剩的麦茬马上被疯长的玉米或者别的所掩没，像那片金黄，从未存在过。小麦金黄的生命，总是很短暂的。像农人的笑脸。

已经有很多年，没见到那样的金黄了，那是最高明的艺术家也绘不出来的颜色。那是高贵的金黄。朋友的小麦也许会结穗，也许也会变得金黄，但我想，他的小麦，注定会是一种干瘪和无精打采的金黄。那种金黄，没有生命，也并不高贵。

小麦终究会被脱成粒，磨成粉，农人不会在意那片金黄。对农人来说，在固定的时间里，把麦收割，就是全部。

我稍大一点的时候，给父亲读范成大的诗，"新筑泥场镜面平，家家打稻趁霜晴。笑歌声里轻雷动，一夜连枷响到明。"父亲那时正在吃饭，他抬头看我一眼，他说，扯淡。

父亲种了一辈子田。我觉得，他的话是有道理的。

一生只做一件事

"一生只做一件事。"一个古训,成为许多现代人的人生格言。

但可能存在的陷阱是,你不能确定这件事对你来说,是正确的,还是错误的。这一件事,会带你去天堂,还是抛你入地狱。

"一生只做一件事。"哲人如是说,流氓如是说,品性坚强者如是说,思想偏执者如是说。一句话,谁都可以拿来用,然后,搓捏或肢解,成为一条路走到黑的借口。

假如张贤亮只养山羊,那么,宁夏多了一位平庸的企业家,中国少了一名优秀的思想者;假如刘翔只练跳高,那么,中国多了一位平庸的跳高选手,世上少了一名优秀的跨栏健将。有时路在你面前突然转了个弯儿,或分出了岔。这时,你仍做那一件事,还是选择另一件事?

一生只做一件事,成功者众,这需要一种资本和毅力;换一件事去做,仍是成功者众,这需要一种幸运和胆识。

可是很多时候,换一件事去做,眼前便豁然开朗了;仍做那一件事,却只会在泥沼中越陷越深。

成功与失败,优秀与平庸,转念之间。不会有任何提示,更无丝毫经验可以参考。

一件事，或让你浑浑噩噩，度日如年；或是，让你在倾注心血的同时，对自己心存着怀疑。那么，无疑，这件事，是不可能带给你快乐的。

没有快乐，便很难有成功可言。

那么，你还坚持吗？

现实的工作并不一定等同于事业，它可以换来衣食，却不一定换得来快乐。你的一生，到底该做哪一件事？有时候，所谓的理性是靠不住的，这件事能否给你带来最持久的快乐，才是根本。

有了快乐，哪怕暂时只是些支离破碎的快乐，也是成功的开端。

所以，其实，人的一生，无论选择什么职业，真的只需要坚持做一件事。

这件事便是——让自己快乐。

硬币花

　　那几年，女人过得很苦。丈夫在某一天夜里丢下她和刚上初中的女儿小玲，突然撒手而去。偏偏女人那时候下了岗，家里失去唯一的经济来源，日子更是雪上加霜。生活仿佛一下子走到了尽头，眼前是望不到边的黑暗和绝望。

　　正是这时候，男人拉了她一把。

　　男人和她有过一段荡气回肠的恋情。当然只是曾经，生活并没有让两个人最终走到一起。有时在街上邂逅，男人会向女人微笑着点点头，甚至停下来，表情轻松地和她拉几句家常。人生就是这样，过去的，就过去了，敢爱敢恨或许只是一种假设。为什么要恨呢？那会让一个人变得狭隘和痛苦，永远生活在自我折磨之中。

　　男人经营着一个很小的服装厂。工厂效益虽然并不理想，可是他认为，从厂里挤出一点事给女人做，应该并不太难。可是让女人做什么呢？她不会蹬万能机，不会裁剪，不会数据统计，甚至提不起沉重的电熨斗。并且以女人那样单薄的身体，能经受得住那么辛苦的车间劳动吗？愁眉不展的男人想了好几天，终于有了办法。他想起女人曾经为他钩过一副很漂亮的手套，这说明，女人会使用钩针。那么为什么，不让她为工厂钩些"硬币花"呢？

"硬币花"是一种用细毛线钩成的五个花瓣的小花，二分硬币一般大小，缝在出口毛衣的袖口和胸前。作为一种服装辅料，"硬币花"用量很大。他的工厂一直需要这种"硬币花"，以前，他总是把这些钩"硬币花"的活儿分给附近郊区的农妇，这样不仅保证了工厂编制的精简，还使得那些郊区农妇在农闲时有一点额外的收入。钩"硬币花"并不太难，半天就可以学会，手头快的农妇，一天就可以钩出200多朵。他会为每朵"硬币花"支付一毛钱，对她们来说，这也算一笔可观的收入了。

他把这想法跟女人说了，女人当然很高兴——生活再一次看到了希望，她的女儿还可以继续读书。从此每个月的固定一天，女人都会来到他的工厂，送钩好的"硬币花"，领走下个月需用的毛线，然后将她的收入一五一十地结算清楚。那天他会准时坐在办公室里和女人一起数着一朵一朵的"硬币花"，那些五颜六色的小花在他的办公桌上开放，他似乎闻到它们的芬芳。

女人钩花的速度越来越快，加上起早贪黑，每个月，她都会有一笔可以勉强将生活维持下去的收入。用这些钱，她的女儿读完了初中和高中，考上了理想的大学。因为女儿，因为"硬币花"，女人虽然很累，却很开心。

第二年，男人不再需要附近郊区的农妇们为他加工"硬币花"。他说现在这种毛衣出口量减少了，"硬币花"用量不大，女人一个人来钩就已经足够。他的做法当然招来一些风言风语，有些话，甚至说得很刻薄、很难听。可是他不管，每个月的那一天里，他照例都会等在办公室，和女人一起伏在桌子上数着一朵一朵绚烂的"硬币花"。

后来，他把每朵"硬币花"的手工费涨到了两毛钱。女人说一毛钱就挺好了。他说不行，现在全国都是两毛钱的价格，怎好还让你拿那么低的价钱？看男人决定了，女人再没有推辞。其实女人那时真的需要更多的钱，女儿读大学了，生活压力变得更大。每个"硬币花"从一毛钱变成两毛钱，这等于说，女人每个月的收入会增加一倍。女人想，等她学贸易的女儿大学毕业，一切都会变得好起来。到那时，她和女儿，一定要好好谢谢男人。

女人每天钩着五颜六色的"硬币花"，一晃就是十年。

那天女人最后一次去男人的工厂。当然是和她大学毕业的女儿去的。她说感谢你这么多年给予我的帮助。如果没有你和你的"硬币花"，我和小玲，可能熬不到现在。现在我要和女儿去另外一个城市——她在那里，有一份很好的工作。男人说你不用感谢我，其实我也没帮上什么忙。钱是你自己挣的，又不是我的施舍。那天他们坐在一个小饭馆吃了一顿饭，那也是男人最后一次见到女人。

几年以后，男人的工厂突然遭遇到前所未有的困境。成衣开始积压，资金周转困难。由于没钱购买生产所需的布料，他的工厂几乎处于半停产状态。面对眼前的窘迫，男人一筹莫展。甚至，男人想，他和他的工厂，可能熬不过这道难关。

可是突然之间，一切峰回路转。

那天工厂里来了一位年轻人，他自称是某个公司的业务员，要在几天之内采购到大量的"硬币花"。他说他跑了很多服装厂，可是都没有找到他所需要的"硬币花"。如果这家工厂有现货的话，他们公司愿意出很高的价钱购买。

男人说，有。

男人带他去仓库，然后打开角落里一个巨大的木柜。木柜里塞满了很多叠放整齐的布包，男人取出其中一个布包，打开，布包里，竟然全是五颜六色的"硬币花"！

年轻人随手捏起几个，捧在手里细细地看。他说很好，这些"硬币花"我们公司全要了……总共有多少朵？

男人说，约一百万朵。

年轻人问怎么会有这么多的库存量？

男人笑一笑说，十几年前，工厂需要很多这样的"硬币花"，可是后来，我们不再出口那几款需要"硬币花"的毛衣，这些"硬币花"就积压下来了……这是一位女人十年的劳动，每天钩 300 朵左右，钩了整整十年……这里有 100 多包，每一包正好一万朵。

男人知道，他和工厂的难关要过去了。他会用卖掉这些"硬币花"的钱购买急需的布料，重新组织生产。如果一切顺利，他坚信自己的工厂马上就会好起来。

这些看似没有生命的"硬币花"，不但帮助女人渡过了难关，更帮助了男人自己。似乎现在，这些五颜六色的"硬币花"真的竞相开放。它们姹紫嫣红，散着迷人的芳香。它们为男人，带来了好运。

故事到这里，其实才刚刚开始。

……年轻人伏在桌子上，为这笔货款，签下很大一张支票。男人接过支票，感激地问他，能问一下您老板的名字吗？

她叫小玲。年轻人说，她说她的母亲，曾经在十年时间里，为您的工厂，栽下一百多万朵"硬币花"。

握紧不放的代价

　　非洲大沙漠漫长的旱季里，马卡拉人常常需要依赖狒狒的指引来寻找水源。好像这里只有聪明的狒狒知道水源的确切位置，只要马卡拉人偷偷跟在一只干渴的狒狒身后，就肯定能够准确地找到水源。

　　他们的做法是，先捉到一只狒狒，将它拴到一棵树上，然后在它的周围撒上粗盐粒。狒狒喜欢食盐的味道，所以会拣起盐粒拼命地吃。这样等到第二天，贪吃的狒狒便会感觉口渴难忍。这时候放开狒狒，悄悄跟在它的身后，不久就可以抵达沙漠中非常隐蔽的水源。此做法屡试不爽，沙漠里的马卡拉人人人皆知。

　　让我们感兴趣的并非马卡拉人寻找水源的奇特方法，而是他们捕捉狒狒的高明手段。他们会首先选择一棵树，然后在树干上掏出一个细细的只能伸进一条胳膊的洞。做这些时，马卡拉人确知距他不远处正蹲着一只无所事事且好奇的狒狒。洞掏好后，马卡拉人会将一把事先准备的树籽塞进树洞，然后佯装离开。他并没有走远，他藏在不远处的草丛里窥探着这只好奇的狒狒，他捕捉狒狒的全部武器只有树洞里的那把树籽。

　　一段时间过去，好奇的狒狒终于忍不住了，它小心翼翼地走过去，将一条胳膊伸进树洞。它当然抓到了那把树籽，它心满意足，将拳头握得很紧。马卡拉人正是在这时候冲向狒狒的，他的速度并不快，狒狒完全可以从容地逃脱。但是，不可思议的是，狒狒仍然被困在树洞前，不能够逃离半步——它紧握树籽的拳头让它的胳膊不能从树洞里拔出。狒狒开始哀号，挣扎，恐惧地在原地蹿着高儿，翻起跟头，可是它的拳头仍然紧紧地攥着，拳头成为它送给自己的牢不可破的枷锁——直到马卡拉人轻松地将它抓获。可是，对可怜的狒狒来说，直到被马卡拉人拴到树上，它也不知道自己的手里到底抓了些什么。

世间的某些贪婪正是如此，你只知道将自己的手握紧，不肯放松，可是很多时候，你甚至不知道你所握紧的到底是什么；你时时刻刻将自己的手紧握，即使当危险降临，也不肯放开。于是，某一天里，自然而然，你成了别人或者自己的俘虏。

正宗羊肉泡馍

一路上我就惦记着，火车驶进陕西，我开始笑。然后出了站口，走上大街，不寻旅店，却先找一家饭铺，直到举了筷子，我一直在笑。

一大碗羊肉泡馍，冒着热气，泛着浓浓的油花，香气便仿佛从毛孔渗进身体，透着舒坦。

我嘴馋。这样的一大碗羊肉泡馍，我惦记了多年。

其实全国各地都有羊肉泡馍，每个地方的做法和口味，却都不一样。最难忘的，是那年在山东淄博，在一个简易的饭馆——碗不大，里面放了烧焦的馒头，长长的油菜叶，几大片瘦羊肉，一个卧鸡蛋，一把葱花。那时跟朋友说，吃这一碗泡馍，皇帝都可以不做。

喜欢吃，却吃不到最正宗的。便发誓，有机会去陕西，一定先吃上那么一大碗。

闻着喷香的泡馍，吃起来，却有点失望。不是不好吃，而是不如想象的那般美好，也不如以往所吃的那般美好。在西安待了十多天，换了好几家羊肉泡馍店，却是家家如此。碗都是巨大的碗，泡着切成小块的馍，不酥不软，硬硬的几乎有点咬不动。没有鸡蛋，没有葱花，内容只有碎羊肉和碎馍。那汤，也仿佛有些油腻。

便想，越是正宗的东西，越不好吃。

后来与西安一个朋友有了生意上的来往，一次途经淄博，便请他吃羊肉泡馍。还是那家店，还是那种做法。我大呼过瘾，朋友却皱着眉，一副痛苦的样子。

我问，不好吃？朋友低声说，这也算泡馍吗？

却明白了。我适应不了陕西的羊肉泡馍，只因为，那不是我的故乡。只有故乡人，才能品出"正宗"的真正滋味。

而我，即使在那里待上十年二十年，在一碗正宗的泡馍面前，也是一个突然闯入的陌生者。

对于泡馍的喜爱，便有了叶公的影子。

各地都有泡馍，却都随着各地食客们的口味而变，形态各异。其实这些泡馍早已远离了最初的样子，远离了正宗，只徒留一个名号而已。

想起家乡的疙瘩汤。一点儿面疙瘩，一瓢水，一点儿盐，有时再放一些菜叶，却是美味可口，回味无穷。久未归家，馋极，便去饭馆要一碗，都无一例外地漂了蛋沫，加了火腿，和了肉丁，内容丰富，却无滋味。但我想，外乡人肯定会对饭馆里的这种疙瘩汤赞不绝口，却对正宗的疙瘩汤皱起眉头。

正宗的东西只属于一个地方，对于外乡人来说，是永远品不出那种美妙和内涵的。不仅因为口味上的差异，还因为，在异乡的正宗美味面前，你永远是陌生人。

知　恩

知恩，才能图报。

问题是，很多时候，我们并不知恩。

父母将你养育，你知，这是恩；朋友助你成功，你知，这是恩；上司将你提拔，你知，这是恩；医生救你性命，你知，这是恩。

可是有些恩，也许，你并不知。或者，并未意识到。比如，一棵树。

烈日炎炎之下，汗流浃背，无处躲藏，恰逢一棵树，枝繁叶茂，郁郁葱葱。你坐在树下，乘凉休息，体力恢复，重新上路。这时，树对于你，是有恩的。一荫之恩。救命之恩与一荫之恩，人类之恩与植物之恩，或有大小，但无贵贱。你须知。

那么，栽树之人于你，也有恩吧！他（她）或早已死去，化成一把青灰，这不要紧，他（她）栽下的树，仍然活着。树没有延续他（她）的生命，却延续了他（她）的恩泽。正所谓"前人栽树，后人乘凉"，你是乘凉的后人，你在享受前人给予的一荫之恩。你须知。

那么，你可曾意识到，养育这棵树的——我指的是我们的环境，我们的世界，或者更大些，我们的宇宙——对于我们，更是有恩泽的。它将树养育，送你一荫。还有，我们所有的一切，大到一座山，小到一粒米，大到一生，小到一时，都由它所赐。它养育我们的前人，它有恩；它养育我们，它有恩；它养育我们的后人，它有恩。你须知。

知恩，如何去报？对一棵树，如何去报？对逝去之人，如何去报？对世界、对宇宙，如何去报？我说，可以报。对树，对前人，对环境，皆心存感激，不打扰，不惊扰，便是一种报恩吧？知恩，感恩，报恩，由心生，由心始，无终。

生命里的恩泽，无处不在。一朵花，一株草，一缕阳光，一阵清风，一把黄土，一片蓝天，一杯白水，一顿美食，一点空闲，一掌阴凉，皆为恩。我们知恩，心存感激，然后享受恩泽，如可以，栽一棵树，点一粒种子，留待后人，足够了吧？

中游偏上

我在大学教书的朋友给我讲了这样一个故事：

他有两个学生，都特别聪明。两个学生不仅是朋友，连一些思想观念都非常相似。比如，他们不否认"业精于专"是一条通往成功的必要途径，但并不认为这是唯一有效的途径，他们认为"样样通样样松"照样可以通往成功。用他们的话说，除了一些大公司，现在一些小的单位用人，关键是看中员工的"综合素质"。而"样样通"不正是一种"综合素质"的表现吗？并且，什么东西都尝试着接触一些，不仅可以让生活变得丰富多彩，更能够发掘个人潜能，说不定还能发现自己以前所忽视的才华。当然，他们也知道，所有要学习的东西，必须要达到"中游偏上"的水平才行。

两个人毕了业，果真到了两个小公司工作。正如他们所说的那样，两个人天天忙着接触和学习新的东西，却都是学会一点儿就放弃，并不深入进去。他们忙着学机械制图、市场营销、服装设计、股市期货、商务代理、俄语法语……两个人忙得不亦乐乎，天天充实得很。用他们的话说，他们所学的这些东西，都达到了"中游偏上"的水平。

几年后，其中的一位找到我的这位老师朋友，向他请教。

他说："为什么我们同是'中游偏上'的水平，但现在他已经升到了部门经理，而我却还是一个普通的职员？"

我的朋友问他："他是怎么升的呢？"

他回答："有一次他跟老板去谈一笔业务。因为对方是一位法国人，所以他'中游偏上'的法语就有了用武之地，这样他就得到了老板的重用，然后一步一步地往上升。"

我的朋友接着问他："那么，你的其他'业精于专'的同学，现在混得如何了？"

他答："混得都不错，都比我好。"

我的朋友说："这就对了。你看，专心做一件事，成功的概率远比'样样通'要大很多。"

"可是为什么我的那个朋友能升职而我却升不了职呢？"他仍然不甘心。

"是这样。"我朋友回答，"'中游偏上'者的确不乏成功者，但是这需要一个'一等一'的机遇。你的同学无疑就碰到了这个'一等一'的机遇，而你的机遇，充其量不过'中游偏上'罢了。"

祖父的假牙

　　祖父年岁大了以后，掉光了满嘴的牙齿。那时镶牙是一项耗资巨大的工程，村里人镶牙的极少。偶尔有人镶，也多是补镶一颗铜门牙。不管是谁，只要有了这颗闪着金黄光芒的铜牙，那嘴，就再也合不上了。

　　祖父的假牙，和他们的不一样。是祖母劝他镶的。祖母说你去镶一口牙吧，总不能老喝粥啊。祖父说还是别镶了，要那么多钱……再说还能活上几年？祖父嘴馋，好吃，年轻时，能用牙齿咬断钢丝。想不到几年之内，那些比钢丝还硬的牙们，竟先后离他而去。

　　其实祖母的情况并不比祖父好多少。她的牙齿倒没有全部掉光，不过，也仅仅残存着两颗门牙而已。两颗门牙在她的牙床上无精打采地挂着，随着她身体的动作，相互碰撞出"咯铃铃"的脆响。祖母劝了祖父大半年，仍然没把祖父劝动。到最后，祖母说，你以为镶牙是为你自己？那是咱俩的牙啊！祖父听完这句话，恍然大悟。他从嘴里拔出烟袋说，那行，那镶吧。几乎同时，祖母的手指在她仅存的两颗门牙上轻轻一弹，那两颗老朽的门牙，便像干瘪的核桃般从牙床上脱落。

　　祖父的假牙，可以摘下来。摘下来，在淡盐水里浸泡着，祖父瘪着

245

嘴，标本似的农村小老头儿。常有村里老人来参观，亮着眼羡慕地说，老哥好福气。祖父便给来人表演。他骄傲地戴上假牙，扔一粒花生米进嘴里，咀嚼得嘎嘣响。村里人再问，那嫂子呢？祖父笑笑，摘下他的假牙，递给祖母。祖母熟练并专业地将假牙戴上，也往嘴里扔一粒花生米，也咀嚼得嘎嘣响。村里人就笑了。他们问祖母，也不嫌脏？祖母笑得更灿烂。她说亲嘴都多少遍了？还能嫌脏？

其实那假牙，祖母戴起来并不舒服。假牙是依照祖父的牙床定做，祖母戴起来，有些大。她的牙床被那副假牙磨得红肿，甚至有时候，那牙床，竟会渗出粉红色的血丝。可是每一次，在村人面前，祖母的表演都是那样到位。那个冬天，祖父和祖母眉开眼笑地吃掉一小袋炒花生米。

也见过两位老人吃饭。祖父戴着假牙，吃两口，停下，看着祖母，嘿嘿笑，把假牙摘下来，几秒钟后，那假牙就到了祖母的嘴里。祖母也吃两口，也停下，也嘿嘿笑，也将假牙摘下，几秒钟后，那假牙又重回祖父的牙床。一顿饭，一副假牙在两位老人的嘴里不停地转移，完成着它的使命。那副假牙忠心耿耿地伴随了两位老人的晚年岁月。有了它，屋子里总响着咀嚼花生米或炒黄豆的欢畅的"嘎嘣嘎嘣"的脆响。

祖父和祖母，都活了九十多岁。我想他们长寿的原因，也许是因为这副共有的假牙，以及不分彼此的口水。

祖父的情书

　　祖父读过几年私塾。不多，读书断字刚好。可是祖父认识一位饱读诗文的小家碧玉，年轻时，他们有过一场轰轰烈烈的爱情。

　　这些是祖父说给我们的。祖父轻描淡写，表情淡然，旁边坐着我的祖母。从祖父的描述中可以猜测出那是一位美丽温婉的女子，穿那个时代流行的白衣黑裙，扎两条小辫子，胸前抱一摞书，迈细碎轻盈的步子。祖父那时候拉洋车，每天，女子合膝颔首坐在祖父的洋车上，浅笑着看着自己的衣襟。祖父的洋车于是飞起来了，肩膀上的毛巾，都似翅膀。

　　祖母偶尔会插上一两句话。比如，怎么没把她娶到手呢？祖父便搓搓手，红了脸，到处寻着自己的烟袋；比如，她现在也像你想她一样想你吗？祖父便低头无语，烟嘴咂得叭叭响。都知道祖母不会吃醋，都知道祖父的回忆其实只是打发时间的一种办法。可是没有人知道祖父还藏着那位小家碧玉的情书，厚厚的一沓，老式的信封和信笺。祖父将它们视若珍宝，直到生命最后一刻，才肯拿出来示人。

　　情书封存在一个小小的黑木匣里，弥留之际的祖父，将它们捧在胸前。不是我有意瞒你，祖父对祖母说，我是怕你多心。

祖母站在床前，早已乱了方寸。她握着祖父的手，她说老家伙你不要走……你不要走，你走了我怎么活？

祖父笑。祖父说我也不想走，我也不舍你，可是我好像真要走了……这一辈子，我没瞒过你任何事情，唯有这些情书，被我藏起来了……我怕你多心，你总是多心。

祖母说我知道。我都知道。

祖父说我走以后，你可以看看这些信……其实也没有什么，都是一些鸡毛蒜皮……能有什么呢？我不过一个车夫……能有什么呢？那样的年代，那样的年纪……你看了，这一辈子，我就没有瞒你的了……

祖母说我知道。我都知道。你别说了……老家伙你不要走……

可是祖父还是走了，在那个午后，走得很安详，很安静。尽管早有心理准备，可是祖母还是哭得撕心裂肺。她说祖父骗了他——老家伙明明说自己能够活过一百岁的，可是他没有。

从此祖母一个人生活，孤孤单单。她常常和自己说话，却用了与祖父闲聊或者怄气的表情和语气。黑皮木匣就放在桌子上，祖母却总是视而不见。

有时候我问她，要我帮您读一下吗？祖母说，不要。就罢了。再过一段时间，我再问她，要不我帮您读读？祖母看看我，说，不要。就又罢了。那木匣在祖父走后仍然封存完好，就像一段谁也不忍提及的往事。

然后，到了祖父的祭日，祖母捧着那个木匣来到祖父坟头。

祖母说老家伙你瞒我一辈子，不过还好你有良心。祖母说当初你若娶了她，这一辈子你会过得这样舒坦？祖母说现在你去那边享福了，我还得守着咱俩那点儿事回忆下半辈子。祖母说我给你带来最爱喝的酒最爱抽的烟，我昨天忙了整整一天，你个老家伙死了也不让人消停。祖母说咱们风风雨雨一辈子，你对我千般万般好，我怎么还会在意她曾经写给你的情书呢？祖母说我偏偏不看那些情书，我偏偏让你这个老家伙欠我的，死也要欠我的。祖母说老家伙你听到了吗？祖母说老家伙老家伙，你怎么就丢下我走了啊！

祖母终于打开木匣，将那些情书一封封取出。她将它们填进面前的火堆，表情郑重并且虔诚。它们打起卷儿，闪烁出金灿灿、黄橙橙的光芒。它们旋转飞舞，就像繁华世间的黑色蝴蝶。它们争先恐后飘向天空，它们只属于祖父，以及那位曾经的姑娘。

祖母说，你这个老家伙啊！然后，笑。却笑出两行眼泪。

——至今没有人见过那些情书。绝没有。我们没有，祖母没有，或许，连祖父也没有。